看不见的顶峰

张洪 口述
——欣欣向阳 新京报社 编著

人民日报出版社
北京

图书在版编目（CIP）数据

看不见的顶峰 / 张洪口述；欣欣向阳，新京报社编著 . -- 北京：人民日报出版社，2023.8

ISBN 978-7-5115-7905-8

Ⅰ . ①看… Ⅱ . ①张… ②欣… ③新… Ⅲ . ①传记文学—中国—当代 Ⅳ . ① I25

中国国家版本馆 CIP 数据核字 (2023) 第 137412 号

书　　名：看不见的顶峰
KANBUJIAN DE DINGFENG
作　　者：张　洪　口述
欣欣向阳　新京报社　编著

出 版 人：刘华新
责任编辑：林　薇　陈　佳
装帧设计：观止堂_未　氓

出版发行：人民日报出版社
社　　址：北京金台西路 2 号
邮政编码：100733
发行热线：(010) 65369509　65369527　65369846　65363528
邮购热线：(010) 65369530　65363527
编辑热线：(010) 65363486
网　　址：www.peopledailypress.com
经　　销：新华书店
印　　刷：北京博海升彩色印刷有限公司
法律顾问：北京科宇律师事务所 010-83622312

开　　本：787mm×1092mm　1/16
字　　数：246 千字
印　　张：15.25
插　　页：12
版次印次：2023 年 8 月第 1 版　　2023 年 8 月第 1 次印刷

书　　号：ISBN 978-7-5115-7905-8
定　　价：58.00 元

Preface 序

登山和跳水一样吗?

◎ 郭晶晶

一

登山和跳水一样吗?

我的回答是一样。

在读完这本书的很长一段时间里，我都沉浸在张洪先生的回忆录里，久久不能平静。

作为一个运动员，我很难不被其中的艰辛困苦所感动。8岁开始接受跳水训练，漫长的岁月里，我面对的总是跳台和淡蓝的水池，为了让一次又一次跳跃、翻腾和多样化的动作更加流畅和准确，我需要在空中保持平衡并精准地控制身体姿态。这是艰苦的、克制的，也是一种延迟满足，但我的内心一直笃定。

我想张洪也一样。他形容自己失明后的世界不是黑暗，是虚空，他看不到脚下的路，不知道珠峰凹凸不平的岩石是什么形状，不知道冰爪底下的冰雪到底有多厚，他可以仰赖的唯有听觉和触觉，在一次又一次的艰苦训练和一步又一步的持续向前中，他克服了恐惧，靠着极强的意志力抵达了孜孜以求的顶峰。

登顶的那个高光时刻，是张洪生命中浓墨重彩的一笔。我在夏尔巴向导拍摄的视频中看到，远处云层翻涌，五颜六色的旗帜在洁白的雪地里随风招展，那一刻的张洪是那么耀眼，但这一切他都看不到。张洪说："我看不见世界，但可以让世界看见我。"是的，这一刻，夏尔巴向导看见了，替他拍下了视频；身为读者的我看见了，他跨过雪线，越过裂缝，攀冰而上，冲破极限，站在世界之巅的身姿永远激励着我。

跳水和登山一样，我们都要在这个过程中，克服自身的惰性，挖掘自己的潜力，一步步去探索，我们到底能走多远。张洪不断向上攀登，就像我每一次在跳台上的奋力一跃，我们都在不断刷新自己的天花板，所谓"人生不设限"正应是如此。

跳水和登山一样，我们都要学会和遗憾和解。因为氧气瓶泄漏，摄影师没有跟着他上到峰顶，没能记录下这珍贵的一刻。我想，可能对任何一个人，它都是一个遗憾，但张洪却说："我们通过眼睛能看的始终受限，真正重要的东西用眼睛是看不见的，只能用心灵去感受。"

即将上映的同名纪录电影《看不见的顶峰》拍摄素材长达300多小时，但这300多小时只是张洪生命中的一小部分。对我而言，也是一样。大家见证竞赛场上我夺得奖杯的那一跳，可是在此之前，那不计其数的心血和汗水，并不一定都能被记录。高光时刻是稀缺的，转瞬即逝的，更多的时候，我们需要在看不见的地方默默努力，才能最终绽放。

荣耀终究会过去，人不可能一直停留在顶峰。那么剩下的时间我们可以做什么？我走入家庭，抚育下一代，积极做公益，也为中国游泳事业贡献自己的力量。张洪说他未来要致力于盲人事业的发展，我觉得这是传递力量最好的方式。如何从高处下撤，回归正常生活——为社会去做力所能及的贡献，是每一个有过顶峰体验的人的必修课。

二

攀登过程艰苦卓绝，但也充满温情。

作为一个妻子，我看到了别样的爱情。张洪的换位理解，大爱无声；夏琼的无私付出，水滴石穿。张洪年轻时离开家乡，心怀志向，却在风华正茂的21岁忽然失明，瞬间坠入低谷。幸好，他遇到了不离不弃的夏琼。这样的爱情平平静静却掷地有声，最能叩开人的心门。在他正式攀登珠峰前，一个场景让我印象深刻，一直钢铁一般坚硬的张洪止不住流下眼泪，他说一直想为夏琼做一件事，因为这些年，是夏琼告诉他路边每一朵花的颜色，也是夏琼为了他的梦想咽下了许多委屈。听到这里，我的内心泛起了一层波纹，他之所以能无所畏惧，一路向前，是因为他们共同闻过的爱的芬芳在源源不断地滋养着他，造就了他坚固的内心堡垒。

大海和高山是可以在一起的，这句话出自夏琼。张洪去珠峰之前，带夏琼前往深圳看海，满足了夏琼的夙愿。夏琼初见大海时的万般欣喜，如精灵一般的“拍手呼喊”“赤足而行”，令我瞬间动容。在即将启程的重要时刻，张洪道出了深藏内心的真挚独白：“假如我能回来，我会为夏琼做得更好。”

这让我重新思考什么是爱情。好的爱情，是你通过一个人看到整个世界。

三

那么，普通读者能从张洪的经历中获得什么呢？

我想是目标感。那也许需要像愚公，像阿姆斯特朗，像《士兵突击》里的许三多。我们来人间走一趟，要留下什么印记？张洪在思索，在追问，除了按摩，他想去拓宽人生的边界。他说，只要从黑暗中向前迈出一步，也许就是星辰大海。目标不一定是伟大的，也可以只是平凡而简单的小事，但无论是什么，一定是你内在动力的源泉。

有了目标感，就有了行动力。张洪说，你在意什么，什么就是你心中的珠峰。珠峰绝对不只是海拔 8848.86 米的世界最高峰，不只是一个地理坐标，于张洪而言，珠峰是那个他愿意倾其所有的应许之地，他日复一日地爬楼梯，一级一级，虽看不到希望，但绝不愿放弃，在煎熬中循环往复，和水泥地做伴。

从单调里积蓄力量，本就是非常了不起的品质，对于社会上存在的短视心态和浮躁心理，这种精神的力量无异于一剂清凉药。也正是这样，他所说的，“终点不会变，我们走一步，就少一步”才会如此有说服力。

21 岁失明，40 岁开始登山，46 岁成为亚洲首位登上珠穆朗玛峰的盲人。张洪所经历的、彷徨的、追求的，全都落在这本《看不见的顶峰》当中。

我想当你读完之后，你会和我一样掩卷沉思：我心中的珠峰是什么？从今天起，我能为这个理想做点什么？

出品公司：北京欣欣向阳影视文化发展有限公司
新京报社
出 品 人：刘军胜　　宁欣然
总 策 划：范立欣　　霸聪怡
口　　述：张　洪
执　　笔：朱清华　　田佳玮　　崔瑜琢
统　　筹：董欣然
图片编辑：蔡逸哲

在路上，就无所谓失败。

——张洪

失明以前

1

一　游家湾的岁月

1975 年，中国登山队经过十天十夜的连续奋战，终于将五星红旗插上了珠穆朗玛峰顶峰。

这一年的山城重庆，天气较往年更阴晴不定。10 月 10 日傍晚，在东部长寿镇云集乡，蜿蜒的山路上遍布石头，四个高大的男人抬着两根滑竿，一路小跑，奔向乡医院的方向。

两根滑竿用绳索绑在一起，上面躺着我的母亲——体重不足 70 斤。因为骨盆缩小导致难产，她的身体瘫软如案板上的面团，脸色惨白，汗珠滚落。两小时的颠簸、一小时的手术后，我终于在镇医院呱呱坠地。

此刻，我的父亲正拄着一根磨得发亮的竹竿，探出左脚在河石步子上摸索。当他气喘吁吁赶到医院门口，听到我的哭声时，长时间紧绷的双腿松弛下来，瘫坐在地。一行眼泪从他的眼角滑落。

在我之前，36 岁的他已经埋葬了两个夭折的孩子。我的这声啼哭，终于如他所愿，续上了家族的“香火”。

这就是我出生时的故事。这个故事奶奶给我讲了很多遍，以至于每有人问起，我的眼前总能清晰地浮现出以上这些画面，如同自己亲眼所见。

我们家不过五口人，是奶奶把我带大。

村里人一提起我们，总是摇着头说“造孽”“造孽”。在重庆话里，“造孽”就是“可怜”的意思。

造不造孽我不知道。我只知道，很小的时候起，我家就和别人家不一样。

我的母亲只有 1.4 米，和将近 1.8 米的父亲走在一起，常常引得路人回望。奶奶告诉我，母亲在娘家受欺负，脑子受到刺激，经亲戚介绍，远嫁给当时已经失明的父亲。父亲和叔叔一样，都是天生的盲人，他们少言寡语，有时在门前活动，走着走着就撞在一起。好在周围没有什么人看见。

从我家出发，要翻过另一座山丘，再跨过河沟、经过龙门桥，才能到达重庆市长寿镇云集乡游家湾村。我只有挑水，或者买盐买针线时才会去到村里。从村里挑水归来之时，水桶里的水，往往会因为颠簸只剩下一半。那时候，我才五六岁。

村里住着二三十户人家，他们都姓游。我们是为数不多姓张的人家。

我们唯一的邻居是一对李姓母子，那位母亲走起路来左脚有些跛。我们两家被“隔离”在这座孤零零的小山丘上，远离游家湾。

我喜欢这座山丘。它起起伏伏，高高低低，和远处的山丘相连，绵延不绝，直通向我看不见的远方。我喜欢它波浪一样的轮廓，尤其喜欢看它在朦朦胧胧的晨雾中披上一层轻纱。我常在山丘上奔跑，每看到嘴里呼出的白气和这层薄雾融在一起，就觉得自己仿佛置身云端。

我们的屋子是游家湾村生产队废弃的保管房，之前存放粮食、种子和农药。屋内摆着四张床、一张桌子、一台录音机。墙壁上是一道道蚯蚓状的裂缝，墙角有被雨水冲刷出的深色痕迹，一股发霉的味道常年在屋里飘荡。

房子是土坯房，光线从墙缝射进房间，带入远处山峰的轮廓，父亲和叔叔出门，我便独自坐着。往往这时，才是我看山最多的时刻。我也会透过墙缝，看归来的父亲和叔叔一步一步走近——我们的房屋没有窗户。

没有窗户，屋内的照明全靠桌上摆放的一盏煤油灯。

我记事后的每个清晨，父亲起床后的第一件事，并不是点亮那盏灯，而是在黑暗中一边来摸我的脑袋，一边轻轻喊着："小洪！小洪！"

小洪是我的小名，我的大名叫张洪。

很多时候，我已经醒了，但故意不应声。每当我闭上眼睛时，门口那根两米长的竹竿，总在我的脑海中闪现。

这根竹竿用来牵引父亲和叔叔。我抓住它的前端，父亲抓着它的中间，叔叔抓着它的尾端。每天天亮后，当母亲和奶奶去生产队干活时，我便带着父亲和叔叔，向镇上的方向走去。

从家出发，到任何一个有人的地方，都需要走上一两小时。薄雾笼罩下，山丘连着山丘，梯田垒着梯田，跨过一条小河还有另一条小河。去镇上的这条路，是我最熟悉的，我在童年走了无数遍。

“左边一点”“右边一点”“上坡了”“过水了”“前面是水田了”“步子迈大一点了”……我一边走，一边吆喝，到达镇上的集市时，太阳已经升到半山腰。

“一劝世间诸君子，人生孝顺当修行。”在人流量最大的十字路口一角坐下后，父亲打开录音机，开始卖唱。叔叔在一旁摆摊，卖五角钱一本的《劝世文》。

我对集市上人挤人的场景深深着迷。绿色的公共汽车经过集市旁的一条小路，碾起一层尘浪，窗户哐当哐当响。我追在后面，朝着汽车屁股冒出的那团黑烟，深深吸一鼻子，这种味道和我此前闻过的所有味道都不一样，真是“洋气”。

同样洋气的还有二八大杠。每看到有人左脚踩住脚镫子，右腿蹬地、向后荡，腾地一下抡起，然后车轮子骨碌碌开始往前转时，我就在心里感叹，飞机起飞应该也是这样！

我最喜欢的是集市上卖小人儿书的摊位。小人儿书几分钱一本，有《陈真》《霍元甲》《狼牙山五壮士》。每次经过，我都看到有很多大朋友在坐着翻看，我站在他们后面，巴巴地望着上面的图片，好多次都忘了时间，忘了周身的疲累，忘了饥饿，也忘了自己要给父亲和叔叔领路。后来，父亲每次到镇上都给我一两角钱，让我光明正大地走到摊子前买书看。

但让我垂涎三尺的肉包子，父亲却很少买给我吃。因为要省钱，我们总是赶在天黑前回家吃饭。那天在镇上，终于等到下午收摊，父亲收拾好东西，并没有走去包子铺，而是径直转身向着回家的方向。我心里一凉，赌着气，一声不吭地走在前面。快到家时，要经过一片水田。我抬头看见有人在田间，便想快走几步，经过田埂。

刚下过雨，田埂很湿，我脚底一滑，和父亲、叔叔一起摔到水里，浑身湿透。田里的人放下手中的活，正往家走的人停住脚步，都朝我们这里看。随后，一阵“哈哈”大笑的声音，穿过空气刺入我的耳膜。我并不知道他们在笑什么，只觉得身体冰凉，脸上发烫，不由得把头深深埋在胸前，慌忙爬起来走到父亲身边将他扶起。

此后，我带父亲和叔叔出行时尽量绕过人多的水田。但7岁起，去小学的路无法绕道。从家到学校，要经过一个山谷，山谷住着一户人家，有两个兄弟。他们总是在我经过时，站在门口，冲我大喊“瞎子”“瞎子”，有时还向我扔石子。

有一次，我实在忍无可忍，晚上跑到他们家房子后面，捡了很多石头向房顶扔去。第二天，两兄弟的父亲找到我家。我被父亲打了几下，又被拉到他们家跪着道歉。父亲总说，在游家湾，我们已经如此被孤立，不应再树敌。

那是我第一次下跪，向几天前将石头扔在我脸上的人。两兄弟叉着腰，一只脚踩在我面前的小板凳上。我把头埋在胸前，泪水吧嗒吧嗒落下。

回来的路上，星光点点，在我的泪光中闪烁。父亲过来抓我的手，我想甩开，又怕到家再被打，便极不情愿地把胳膊放下，任由他拽着。他的手摸索着抓住我的手，越抓越紧，身子也向我越靠越近。在深秋的阵阵凉风中，他紧握我的手传出来的暖意，让我心中的委屈慢慢散去。我抬起袖子抹了一把眼泪，把故意蜷在一起的拳头摊开，让它和父亲的大手握在一起。

此后，我仍旧三天两头被喊“瞎子的孩子”，仍旧时不时在放学路上被对面扔来的石头砸中。

我不明白为什么会这样，便常常坐在山丘上，望着远处的村庄发呆。那里的小房子一幢幢簇拥在一起，像集市上的塑料魔方。每个房子上的烟囱都冒着烟，孩子们转着圈嬉笑打闹。我看着，脑中冒出一串问号：为什么只有我家住在这里？为什么我们的房子没有烟囱？为什么别人的父亲牵着孩子的手，我却要牵着父亲和叔叔往前走？为什么水田里的人会对我们哈哈大笑？为什么其他的孩子可以玩耍，我却时不时要为生产队放牛、割猪菜？

我很多时候想要问父亲，但他总是板着脸很少说话，一家五口人都在的房间，也总是静悄悄的。我于是常常盼望着过节过年，只有这些时候家中才会有些人气。临近年关，父亲会到镇上的集市给我买新衣服、新鞋，我把它们摆好放在床头，又拿一块布盖在上面，时不时掀开摸一摸闻一闻，心里数着离新年还有多少天。

新年一到，家里就来了亲戚，父亲的脸上也罕见地有了笑意。我最喜欢的一个亲戚是姨婆——我奶奶的妹妹。听奶奶说，她住在好远好远的大城市里，那里有汽车还有高楼。我于是隔三岔五就问奶奶姨婆什么时候来。姨婆就像挂历上走下来的人，她身着黑色缎面的衣服，食指和中指之间总是夹着一根粉笔状的物体——我后来才知道这是香烟。她把这东西放在嘴里，紧接着吐出一团白雾。我盯着那团白雾，不自主地把身体往前凑，想闻闻它是什么味道。

更让我兴奋的是，姨婆一来，我就会被派去“采购”。我手里紧紧攥着母亲给我的一元钱——这是平常少见的面额，一路跑跳着向游家湾小卖铺奔去。我朝路上见到的所有人打招呼，大声喊着：“姨婆来了！姨婆来了！”全然不顾路人一脸诧异的表情。我总是会买上两瓶小香槟饮料，然后小心翼翼地把玻璃瓶抱在胸前往家返。一进门，我迫不及待地把香槟递到姨婆手中，睁大眼睛看她用桌沿开瓶盖。她把香槟的盖子放在桌沿上，然后用力往下拉了一下玻璃瓶，“啪”的一声瓶盖应声而落，瓶口咝咝地冒出白气儿。这时，我的口水都流了出来。很多年后做梦，梦里还都是香槟酸酸甜甜的清凉味道。

童年的时光虽然总伴随着“瞎子的孩子”这样的阴影，但仍然充满了很多细碎的快乐回响，久久不散。在困惑、期待和憧憬中，我长到了9岁。那一年，因为意识到小山丘太过闭塞，出行不太方便，父亲找到远房亲戚帮忙，带着我们搬家去了涪陵。

二　初中时光

我们在一个傍晚出发，坐船去涪陵。

涪陵是母亲的家乡，因三峡、江水、白茶和榨菜而知名，但当时的我并不知道它在哪里。上船之前，我看见船从远处慢慢驶来，在我的视野中逐渐由小变大，接近我直到变成一艘大大的航船。它汽笛声洪亮，为我带来希望。因为它能带我去更远的地方。它在夜色下的轮廓，我到现在都还记得，并且认为那是世界上所有江海中大船该有的样子。

船沿江上溯，行驶于整个夜晚。轰隆隆的声音让船上的鸡、鸭、猪、羊在笼中叫成一片。大人们拿着玉米，使劲往鸭子嘴里塞，鸭子扑棱着翅膀，“嘎嘎嘎”地挣扎。

船上是去城市里贩卖鸡、鸭、猪、羊的农民。他们在甲板上聊天、喝酒，或者直接躺倒就睡。把父亲安顿在一旁，我撒开腿在船上跑，穿过人群和被他们带上船的家禽，就像是在穿过一座乡村集市。江水险窄湍急，凉爽的风吹过我的脸。我一会儿跑到船头，盯着水流，看它被分开成对称的两半；一会儿跑到船尾，看两边黑乎乎的山向后倒退。远处的航标灯一闪一闪。航标灯相对青山脊影，静止不动；相对于我，却是剧烈晃动。星光和星光下的山色会在江面上摇摆破碎。

船近码头时，我把身体靠在船舷上，看人们上上下下，穿着白色制服的水手在岸边走来走去。

码头经过了一个又一个，我一边看一边想：路那么宽，江那么阔，我们再也翻不进水田中了吧！

船在清晨靠岸，舅舅已带人在岸边等候。他们抬着我们从家里带来的一张床、一张桌子和父亲为奶奶准备的一口棺材，一路朝西走去。

这是我第一次走这么远的路。虽然一夜未合眼，我也没有倦意。不知走了多久，我的眼前出现一排青砖瓦房，脚下变成了石板铺的小路，在十字路口的一幢小房子前，我们终于停了下来。

我们一开始搬去的地方是重庆市涪陵区新妙镇一个叫和尚湾的村子。这个地方因为一处奇观而在远近小有名气。涪陵有许多黄葛树，我们搬到这个镇附近时，有一棵树已经在这里生长了 170 年，浓荫如盖、根繁叶茂。随着时间的演变，它的根沿着桥缝生长过河。1968 年，一场大水把原有的平桥冲垮后，就只剩下这树桥。当地人踩着它来来去去，走了半个世纪，一提到它就啧啧称奇。

我脱离了过去的山村，奔向了更大的天地。父亲在这里买下一间房子，这是我的第二个家。住进去的那晚，他用手摸着光滑的墙面说："我们终于有自己的房子了。"他顿了顿，接着又说，"但咱们是外来的，在这里没有土地，现在就像住在石头上，随时有可能被水冲走。以前最不济还有水田糊口，以后要自己谋出路。"

他很少一下子说这么多，我不知道这些话是什么意思。我只盼着天早点亮，这样我就能跑到门口，看不远处的小路上，一辆辆汽车鸣笛驶过。

父亲也在每天清晨早早起床，背上一袋袋糖精、冥纸、草纸，各式各样我认识或不认识的物件，拄着竹竿去集市上卖。我们离镇更近了，集市就在镇上，我再也不用带他翻山过河。

但我又有了一个新任务，我需要辗转汽车、轮船，一夜之后到达上游的重庆，带父亲进货。那时，他除了在集市上卖东西外，还会和各种人聊天，打探商业信息。搬来不久他便听说，在重庆，有一种农药进价 3 元，但在涪陵能卖到 7 元。他便带着我坐船到对岸，用蛇皮袋背回来一袋子农药，卖完后赚了不小的一笔钱。

他白天在外做生意，晚上到家吃完饭，便带我去小卖铺买上烟酒去串门。我把烟酒递到戴着眼镜的主人手里。父亲站在那里，并没有按照主人说的坐下。我也不知道该不该坐，就站在他身边，听他说着“转学”“上学”，学着他的样子弯腰点头。

不记得串了多少个门，有一天早上，父亲难得面露喜色、语气轻快地对我说：“明天可以去上学了！在学校好好念书，念书好了才有出路。”我并不明白出路是什么，但心里对于即将进入的新学校充满期待。

那天晚上，我兴奋地躺在床上，镇上的学校是什么样子，校门会是铁的还是木的。想着想着，我的脑海中突然闪过父亲的那根竹竿，心里一沉。

不仅仅是他的竹竿，令我感到难堪的，还有他身上破破烂烂的衣裳。那时，父亲的一些行为让我深感困惑：一方面，他整日忙碌，一个人拉着一根竹竿，什么地方都敢去，什么货都能背回来，似乎无所不能；另一方面，在人前，他又总是穿着自己最破烂的那件衣裳，即便有时买了新衣，也一定要把新衣穿在里面，把那件已经磨出无数个破洞的衣服裹在外面。我觉得有些寒酸。

我在心里暗暗决定，趁这个新地方还没有多少人认识我们，我要尽量和父亲疏远。每天放学后，我会在街上溜达一圈，直到夜幕降临才进家门。在街上，每当听到远处传来他竹竿“嗒嗒嗒”的声音，我就迅速绕道跑开。我怕带着他在街上走，所有人异样的目光再次聚焦在我身上；也害怕这些目光背后，我在学校会面对什么。

我喜欢在镇上溜达，尤其爱往人堆里钻。镇上有一条街，大概也就两三米宽。逢集遇市，人山人海，街道总被挤得水泄不通。我会兴冲冲地跳进人群里，在一个身体和另一个身体的缝隙中钻来钻去。走累了，便踮起脚，试图让两脚离开地面，不多时，身体被“夹”了起来，随着人潮移动。我闭上眼，闻着人群散发出的汗腥气，听着此起彼伏的叫卖吆喝声，觉得自己变成了一条鱼，正在深水中自在地畅游。

这样优哉游哉的感觉只持续了很短一段时间。因为舅舅在街上开着理发店，不少同学的家长早就知道我家的情况。很快，大家介绍我时，不再叫我的名字，而改成了“那个瞎子家的孩子”。这个称呼瞬间又将我拉回游家湾。整个小学，我时不时会觉得自己像来时船上那些被装在笼中的鸡鸭，直到升入初中后，一道阳光才开始照进我的生命。

那是在初一，有一次班级搞大扫除，我被分配去清理一个臭水沟，里面有很多垃圾杂物，发出刺鼻的臭味。其他同学都捂着鼻子，随便清理一下就陆续跑开，不多时，只剩我自己一个人，我埋头用手一点点把垃圾抓出来。弄完回头，发现班主任田茂才老师正朝我这边看，一边微笑一边点头。

我能清楚区分哈哈大笑和微笑的区别。前者是刺耳的，像冬日的寒流；后者是温暖的，像春天第一道阳光。我以前从来不敢直视别人的眼睛，但那一天，我看到他的微笑后，先是迅速低下头，而后又抬眼向他望去。他仍旧在对我笑，我不自觉地也把嘴角上扬。

这个微笑让我整整开心了一学期。学期末，成绩只在中游水平的我，竟意外评上“三好学生”。班主任老师说：“这是所有任课老师的推荐。”说这话时，他的脸上依旧挂着我熟悉的温暖的微笑。

我把奖状用胶布粘在墙上，小心翼翼地摸了一下上面的金边，暗下决心，一定不能让老师失望。

为了引起老师的注意，我争取每节课都举手发言，同时更加积极地完成作业，努力学习，成绩慢慢提升。老师写的字很好看，我于是开始模仿他写字，甚至还学会了写毛笔字。这为我的生活增添了些许甜蜜瞬间。

每年过年，街上都会围着一圈人。有一次，我好奇地钻到人群中看，原来有位老人在写对联。在他的鼓励下，我抓起笔，写完竟然赢得一片叫好声。第二年，我买了红纸写了很多春联摆在门口卖，没想到卖出去了很多。

人生第一次，我通过自己的双手赚到了过年钱。那年春节，也成为我家有史以来最祥和的春节。父亲用20元钱给我买了双大头皮鞋。我穿着它在街上转来转去，鞋上的钢板和脚下的石板路撞击在一起，发出“嗒嗒嗒”的声响，在街上久久回荡。

这种飘飘然的感觉此后多次出现。由于字写得漂亮，老师让我负责抄写黑板报。当我踩在高高的凳子上时，当同学们在我身边围成一个圈时，当白色的粉笔末在空气里飘荡时，我仿佛在云端。

最难忘的是，有一次，班主任田老师不舒服，让我到他的办公室批改同学们的作业。我坐在他的工位上，抬起头偷偷环顾四周，看到其他老师都在安静备课，顿时紧张得手心冒汗。田老师对我好，我愿意做一些微小的事情，帮他分担。

同时，这也给了我一种前所未有的自豪感，人生的第一个梦想在我的脑中闪现——我要成为一名老师。

这并不是一时的心血来潮。当时，中专和师范是很多人的选择，尤其是家庭条件不太好的学生。从师范学校毕业后，能直接找到工作。而相较之下，读高中则性价比低，读完不知道能否考上大学。

我开始为这个梦想努力，同时为自己找到一个学习的标杆——成绩很好的班长，也是我为数不多的朋友之一。她叫周信君，快言快语，性格爽朗，从来没有像有些同学那样，拿我的家庭开玩笑。我于是常常喜欢跟她在一起“吹牛”。“吹牛”在重庆话里，就是“聊天”的意思。

她住在村里，每天上学要翻山越岭，行几小时的路；而我家则在镇上，就在学校附近的十字路口。到了初三冲刺阶段，村里的学生也开始住校，包括班长。我心里最初有点慌。每天放学后，我会在家学习到晚上 10 点。但一想到住校生们肯定还在奋战，躺下来的我就睡意全无。有一次，我半夜爬起来跑到学校门口，看到宿舍楼里还有两扇窗户亮着灯，便跑回家继续看书。早上到学校，我忍不住问班长，昨天他们学到几点。听到自己比所有人学的时间都长，我觉得自己好像打了胜仗。

初三这一年，还发生了一件让我有些得意的大事——我戴上了 300 度的近视眼镜。那时整个年级只有两个学生戴眼镜，且他们都是老师家的孩子，成绩都名列前茅。因此，我们都认为，戴上近视眼镜就是好学生的标志。为了让这种标志更明显，我特意配了茶色镜片。不少同学在背后说我故意搞怪，还有人讥讽说，我的父亲、叔叔都目盲，我将来也会和他们一样。

我没有精力在乎这些话，只顾得每天熬夜看书。不久，中考考试成绩下来，我以几分之差和师范失之交臂。虽然被当地一所重点高中录取，但我自知家中条件不允许，很快放弃了读高中的想法。

班长则如愿被师范学校录取。看着她开心的样子，羡慕、自责、惭愧、遗憾，各种情感一股脑朝我涌来。我对不住一直关爱我的班主任老师，对不住期待我光耀门楣的父母，甚至，也对不住脚上的这双大头皮鞋。

我让大头皮鞋安静下来，轻手轻脚地回到家。得知我成绩的那晚，母亲沉默地做好晚饭端上桌，父亲整个晚上一言不发。那顿饭吃得无比煎熬，味同嚼蜡。在仿佛已经凝固了的空气中，十几年来的压抑在我的体内翻滚升腾。我想，是时候要离开这个地方了。

我提出要出去打工，尽管并不知道自己能干什么。但父亲坚决不同意。我是家中的独子，年纪又这么小，山高路远，出去说不定会遇到什么危险。

更重要的是，父亲这时已经有自己的计划。舅舅在镇上开了一家理发店，生意不错。父亲也在镇上买下一个门店。他想让我跟着舅舅学理发，也开一家理发店。

就在我们争执不下时，叔叔站在了我这边。1986年，叔叔在民政局的帮助下，去成都学习按摩，回到老家开了按摩店。他劝说父亲，可以送我到自己就读过的按摩学校，既能掌握一门技艺，也能见见世面。

我非常开心，尽管对按摩没有任何概念，但至少，我终于可以离开这个家，躲避父母失望的眼神和家里压抑的气氛。不管学什么，只要是在成都求学，说出来就是一件光荣的事。

三　成都求学

17 岁的 10 月，人生的第一辆绿皮火车，带着我向成都的方向开去。

一路上，我熟悉的水田、山丘、河流渐渐后退。我不知道接下来等待我的是什么，甚至都不知道有什么可以期待。当火车渐渐靠近市区，一幢幢高楼开始出现在我眼前时，我暂时忘记了那张带着泪痕的成绩单，忘记了父亲的竹竿。

直到我到达目的地——成都锦江按摩针灸专科学校。

刚走到门口，我便听到院子里传来一阵歌声。推开门，眼前是一座四合院和一幢四层高的楼房。院中有十几个人。他们排成一排，后一个人将手搭在前一个人的肩上，正往前慢慢行进。在他们旁边，有两个人正端着碗往前迈步，一个嘴里哼着歌，一个嘴里吹着口哨。我眼瞧着他们就要撞在一起了，突然，两人分别往右、往左挪了一步，拉开了距离。我舒了一口气。

这时，院里并没有人注意到我的到来。然而，眼前所见，却在我的心中掀起波澜。

我想到了父亲和叔叔。之前在家，我只知道他们两个与别人不同。这种不同让我觉得困惑。但我从来没有仔细想过，是什么让他们不同，他们为什么看不见；我更加没有想过，世界上还有这么多看不见的人，他们都经历了什么。

带着好奇，我开始了在这里的生活，也开始熟悉这个小院。

这个四合院布局的按摩学校有四层楼，附属于一家医院。一楼有针灸、推拿、拔罐、理疗等教室，还有中药和西药房；二楼、三楼分别是女生和男生宿舍，也有接待客人的旅馆；四楼是一个很大的平台，也是我们吹风聊天的地方。

60 多名学生中有一半是盲人，被分成两个班。他们来自全国各地，最大的年龄五六十岁，最小的只有十几岁。我成了其中一个班的班长，也因此有更多机会了解同学们的情况。

在这些人中，有一些是天生的盲人，还有一些是后天事故致盲。有一个小伙子之前在邮局上班，因为谈恋爱闹矛盾，被女朋友泼硫酸，眼睛瞎了，整张脸也破了相。还有涪陵的一个老乡，失明之后，受到家里的排斥，精神受到打击。他总是随手带着一把刀，常常半夜不睡觉，只要听到一点动静，就从屋里跳起来大喊大叫。

还有一个大哥，失明后情绪一直很低落。虽然他的妻子对他一直悉心照料，但他总是沉默地坐在一个角落。有人来搀扶时，他则死死拉着对方的胳膊，挣扎着不敢往前迈步。

了解了这些人的过往，看着他们的日常，我开始理解父亲和叔叔的不易。但和父亲总是穿着最破旧的衣服、终日沉默不言不同，我在盲人同学的身上，还看到了充满阳光的一面。

印象最深的是杨姐，她 30 多岁，原本在一家化工厂的科研所上班，眼睛突发病变，做了几次手术无效，后彻底失明。当时儿子才 6 岁，丈夫很快和她提出离婚。离婚之后，为了谋生，她一个人到这里学习按摩。虽然经历了这样的挫折，她仍旧非常乐观，总是穿着得体大方的衣服，一举一动都很优雅；我们中间有谁犯难，她总是第一个站出来伸出援手。

杨姐宿舍的另外一个大姐更厉害，她能非常娴熟地用舌头舔线穿针，不用多时便把线穿进针眼。若非亲眼所见，我真不敢相信盲人还能有这样的能力。还有一个中年大哥，总是戴着墨镜，每次出去摆摊按摩，一定会在里面穿上假领子，外面穿上西装。所谓的“假领子”，是一件没有袖子、只有上半截的衬衫，在当时很流行。

每年的春节、校庆联欢会，是我最期待的时刻。同学们带着自制的乐器，献上五花八门的才艺表演，让我大饱眼福。外号叫“百灵鸟”的张璐唱歌非常好听，还未张口就赢得掌声一片。“口琴哥”用绳子扎住口琴的两头，然后把绳子挂在耳朵上，一边吹口琴伴奏，一边用手拉二胡。

我一边沉醉于他们精彩的表演，佩服他们的坚强乐观；一边也体会着他们每日生活的艰难。在两种情感交织下，我更多的时候，尽自己所能，像小时候帮助父亲和叔叔那样，对他们伸出援手，代他们去食堂打饭，外出时帮他们捎带东西。

记得最清晰的是带他们到公园给路人按摩。那时，比我高一届的学生都要在毕业前去实习，我便主动请缨，当起他们的引路人。

在傍晚，通常是在放学、吃过晚饭后，我引着他们穿过窗户和窗户之间的走廊，走到街上，一一排队登上公交车去公园，摆上几个凳子给散步的人按摩。与在老家不同，我不害怕聚集过来的目光。恰好相反，我常常在搭好的椅凳旁边吆喝，好引起更多人的注意。

我看着他们忙碌，自己也会有成就感。但我从来没有想过，自己要像他们一样，毕业后去做按摩。尽管两年来，我与他们朝夕相处，同吃同住，形影不离，但在心里，我始终觉得自己和他们属于两个世界。

两年多的时间，我们一起学习、生活。我从一个旁观者的视角，真正理解了盲人。我明明从小和身边的父亲、叔叔亲密相处，然而，隔得太近，让我对他们的处境失去了陌生的探求和好奇，反而习惯甚至麻木，毕竟那是毫无变化、没有参照且与生俱来的日复一日。但现在，就在我快要20岁的时候，我才发自内心地意识到盲人——他们当中每一个人都会遭遇到的困境。

快毕业时，院长开了一家新科技按摩门诊。我是第一批在这里实习的学生之一，但我并未按照他的意思在这里工作下去，而是离开学校，住进了成都市区东南部的一个城中村。那里离九眼桥和川大都很近，有浓厚的文化气息。

九眼桥是成都很热闹的一片区域。成都有锦江穿城而过，锦江流经成都东门有桥，俗称九眼桥。九眼桥跨过府南河，可以被看作成都一环路的一部分。府南河是成都市内穿城而过的一条内河，沿途有望江楼所在的望江公园、合江亭及廊桥等好多景点。每天早上，喜欢运动的人总是在沿河两岸铺设的绿道晨练。

要走进我的出租房，需要从大马路进到小巷，越往里走巷子越窄，也越来越多泥泞水洼。这里的居民大多是外地人，有做买卖的，也有上班的。邻居们从事着各种行业，一到晚上，小餐馆里人声鼎沸。虽然居住条件极为简陋，但城中村和我以前坐过的轮船一样热闹。只是，时过境迁，我已十分稳重，不会再像以前肆意穿行甲板一样穿过此时喧哗的阳台、走廊。

和城中村隔着一条大马路，是中北和中南两个高档小区。我每天早晨醒来的第一件事就是打开窗户向外望。那边矗立着一栋大厦，足足有30多层。它距离我的窗户有100多米。大厦招牌上的四个字“亚太大厦”，很大很清晰，被牢牢安放在楼顶，风雨不动。我想，有朝一日，我一定能进去。

眼下，我要先把能进得去的地方都看个遍。我蹬着按摩学校老师送的旧自行车，穿着特意给自己买的一件惹眼的大红色毛衣，背着一台傻瓜相机，开始在成都街头穿梭。当我对着天府广场、成都饭店、街边的榕树“咔嚓咔嚓”按下快门时，我正在最美好的年华，畅享着如风一般的自由。

我去得最多的是夜市，尤其是外国人出没较多的锦江宾馆、岷山饭店附近的街道。这里的空气中回荡着一些听不懂的英文歌曲，听起来很“洋气”，曲调和此起彼伏的吆喝声混成一片。街道两旁的小摊上，摆放着古董、锦绣等工艺品，专门卖给老外。我一边看着花花绿绿的外汇券，一边想出了一个赚钱的门道。

在饭店门前绿化带的两棵树上，我拉了个横幅写上中英文的“按摩”。为了写“按摩”的英文，我特意买了本中英文双语字典，认认真真地研究查找了一番。刚开始，我只在夜幕降临后才敢出摊；后来胆子越来越大，下午就开始营业。当时普通的按摩一次收费两三元，给外国人按摩一次能挣到十元，且都是外汇券，有时还能收到美元。那滋味真是新鲜。

其实，比起外币来，更吸引我的是有着异域面孔的外国人。他们深邃的眼睛、高挺的鼻梁，和我此前见过的任何人都不一样。我听不懂他们的“叽里呱啦”，但通过手势比比画画，竟也能和他们“聊”上半天。聊天结束后，他们有时还会对我竖起大拇指。这个动作对我来说，有点诱惑，有点神秘。我好奇他们的老家都在哪里，也第一次开始隐约觉得世界真大——虽然彼时我对“世界”还没有清晰的概念。

我挣的钱够维持生计，但按摩始终不是我内心想做的那件事。我总觉得，我的未来还有无限的可能性，我想要尽可能地去探索。

四 初识夏琼

1996年的国庆前后，成都的天气开始转凉。一个傍晚，我望着穿城而过的府南河，在九眼桥上闲逛。

那时，在九眼桥一带，随处可见身着长袍马褂的先生，都是一把白须、垂垂老矣的形象。我则戴着300度的近视眼镜，穿上20元钱买来的一身旧学生服，腋下夹着厚厚的书本，在九眼桥上围观他们摆摊。

天色已经沉下来，一个女孩从桥的一头走过来，长发及腰，穿着蓝色的牛仔裤、黑色的皮背心、橘黄色的方头高跟鞋，很有活力。我看着她一步步走近，觉得她的气质与众不同。

她走到我所站的摊位前，和我一起听老先生讲解。我见她愁眉不展，便主动打招呼说："小姐，你有什么心结打不开，有什么事想聊一聊吗？"

她叫夏琼，确实有心事。遇见我前，她和家人发生了些不愉快，一个人跑出来散心。

后来她跟我说，当时觉得我挺有意思，想再听听，到底我要跟她聊什么。但我忘记当时都说了些什么，只记得我们差不多聊了一小时，聊到天色暗沉下来。我问她有没有吃晚饭，并邀请她在桥边的一个小饭店共进晚餐。

分别时，我把一个金色的、身份证大小的护身符给了她，没有留下联系方式。

没想到过了几天，我们又在同一个地方不期而遇。她跟我说："我请你吃个饭吧，上次感谢你开导我。"我们又一起吃了顿饭，点了一份麻婆豆腐，还有一个菜、一个汤，总共 40 元。吃完是她付的钱。

天色已晚，我把她送到她的住处，此后，我们时不时到彼此住的地方串门。

她给我讲她的童年。那时父亲在外当兵，母亲照顾她和哥哥。她从小在男孩子堆里长大，很小就能独当一面。小时候，她经常带着小伙伴们出去玩，每遇到事情，总是第一时间站出来为大家撑腰。她笑着说，自己是"行侠仗义"。十几岁时，她一个人便开始做小生意，一人可以做三人的工。到了谈婚论嫁的年龄，上门提亲的人络绎不绝。我静静地听她讲故事，内心掀起层层波澜。她阵阵银铃般清脆的笑声传到我的耳边，如同春风拂面。

她还带我去了趟她的老家。我和她的家人相处得很融洽。当她把家人对我的评价——"一表人才、口才很好"反馈给我时，我觉得头顶阴沉的天都亮了起来。

她后来常对人说，认识我的时候，她的天空正下着雨，我就像那束照亮她生命的阳光。而此后我们才知道，在我漫长的生命中，她才真正是我的光，把我每一个幽暗的角落都照亮。

我能感受到自己的悸动和我们之间正在升起的微妙情感，但并不敢想恋爱的事情。我总觉得，自己的家庭和自身状况与别人不一样。虽然很向往，但一直心存障碍。

而且，这个时候，我开始被另一件事困扰。

就在我们第四次见面时，我的眼睛开始红肿、胀痛，躺在床上看头顶的白炽灯，总能看到一圈彩虹状的光圈。我起初以为没有休息好，便蒙头昏天黑地睡了几天。但睡觉无济于事，我就去药店买了珍珠滴眼液，结果越用症状越严重。

我平时常常眺望的那栋大厦看起来越来越小，它的轮廓在我眼中逐渐消失。我慢慢分不清楼层和楼层之间的界线，虽然仍能看到窗户亮着灯，但灯光不再是点状，而是模糊成一片。

有一次，夏琼到我家，看到我的炉子上放着药罐，问我是不是在熬药。那时我的眼睛已经红得像樱桃，她其实早就看出了异常，便建议我快去医院看看。

我们一起去了华西医院。做完检查后，医生皱眉、摇头，拿着一张写着“青光眼、虹膜炎、葡萄球菌感染”的诊断单放在我面前，说：“你们怎么这个时候才来呀？春天马上到啦，你可以去林子里找个竹竿啦。”

“竹竿”两字像一股电流，直击我的心脏，让我闻到一股命运血腥的味道。但此时，我并没有意识到问题的严重性。虽然父亲和叔叔都是盲人，但他们并没有诊断过发病原因。我从来没有听过“青光眼”，更不知道医生所说的“治疗很麻烦”意味着什么。

直到他接着说，我必须现在就住院，我才有些发慌。因为，我口袋里没有钱。

夏琼的眼圈已经红了。她声音发颤，带着哭腔问医生：“我们就住在医院附近，能否拿药回去吃？”医生开了泼尼松，48元一盒的药膏和一瓶阿托品眼药水。

回到住的地方，夏琼要我赶紧通知家人。我告诉她说：“没用的，家里没有任何办法可以帮我。”

对于向父亲求助，我有一种本能的抗拒。这种抗拒夹杂着对他的同情、畏惧，还有一些赌气。一想到他那张冷峻严肃的脸，想到他的竹竿，想起他破破烂烂的衣裳，我就头皮发麻。

夏琼坚决要打。她用公用电话拨了老家附近一家小卖铺的电话，父亲很久才赶到话筒前。介绍自己时，夏琼说是“张洪的女朋友”，并说了我眼睛生病的情况。电话那头的父亲回复：“你们还年轻，要自己发狠。”

对于父亲的这个回复，夏琼在此后很长一段时间一直耿耿于怀。但于我，父亲的回应并非意外。父亲一定是认为，我在外惹是生非，故意打电话回去想“骗”他的钱。他的钱可以借给亲戚朋友，但不会给他唯一的儿子。从儿时起，他就希望我能自己闯出一条路来，就像小时候我牵着竹竿给他和叔叔引路。

没钱住院，我开始“发狠地”四处寻找偏方。我把生姜榨出汁，滴在眼上，疼得像火烧；我用草药熬水洗眼，将土熬进水里喝下去，奇怪的味道让我浑身打战。

与此同时，我仍心存侥幸，坚信哪天醒来眼睛就会复好如初。偶尔想到父亲和叔叔的遭遇时，我会强迫自己转移注意力，心里默念：不会的，不会的，我怎么会那么不幸。

何况，我并非没有经历过幸运，比如，眼前我遇到的夏琼。从医院回来后，她天天过来督促我吃药。如果说一定要为我们恋爱关系找一个确定的节点的话，那应该就是这个时候了。总体而言，我们从相遇相识，到相互陪伴、相互照顾，再到成为确信相爱的两个人，整个过程进展顺利，仿佛世上所有情侣的美好相伴本就该如此自然而然。

只是，这种美好，最终还是被每况愈下的眼疾搅乱。

很快，不单是那座30多层高的大厦，近处楼房以及上面窗子的轮廓，也开始在我的眼中变得灰暗、扭曲。到了晚上，窗中射出的无数灯光纷纷恍惚迷离，像是坍塌了一般。

出租屋内的摆设也开始蒙上一层雾。我是一个足球迷，经常买来报纸看足球新闻。我喜欢看年轻人比赛中争抢足球场面的照片。然而，先是小字标题，然后是报纸上的大字标题，最后是这些照片，都模糊成一片。

再后来，日常生活也开始受到影响。为了照顾我，夏琼辞掉工作，搬来一起住。两个无业者，其中一个还是病人，过上了衣食无着的生活。

为维持生计，夏琼从成都荷花池买进一些锅碗瓢盆类的小商品，去路边摆摊。后来，我们遇到一个在市场批发草帽的朋友，便请他关照。他允许夏琼先去拿些草帽来卖，然后再把本钱还上。

那时成都已是夏天，气温高达三四十摄氏度。夏琼不敢把草帽摆在地摊上，便手上拿着一些草帽，头上戴着好几顶草帽，满身大汗地走在大太阳下，一家店一家店地挨门销售。卖了钱给我买吃的。

她为我付出如此之多，但从心里讲，从认识到接触，到最后在一起，我都没有强烈感觉到自己是在谈情说爱。21岁的我，在命运的当头一棒前乱了阵脚，哪有心思再思考其他？我那时一直觉得，她留在我身边，是因为她心地善良，不忍心抛下我一个人面对窘境。

事实仿佛也的确如此，如她此后对友人所言：“当时看着他孤苦伶仃，没人照顾，心里放不下”“不管成不成，能帮到忙，自己也心安”。

我一度信了她的话，直到有一次，她带着我回她家借钱。其间所闻，让我倏然明白，她对我的感情，并非单纯的“放不下”和“同情”。

那天，我站在屋外，听她在屋内和家人说话，话题自然与我相关。

“你已经把钱搭在他身上了，做得够多了，没必要再把一辈子的幸福搭进去。”我听到一个人先开口说。接着又有人说：“说句难听的，你倒了他都不知道你倒在哪里，你病了他都不能给你递药。”再然后，是夏琼哥哥的声音：“你是有多么嫁不出去，要嫁给一个瞎子？”接着，我听到“啪”的一声手掌击案的响声。她的父亲叹了一口气：“千挑万选，选了一个漏油的灯盏。”最后，最疼爱她的外公说：“你要是真打算跟他，以后就别再进这个家门。”

我把攥紧的拳头张开又合上，合上又张开，最后朝自己的胸口狠狠地捶打了几下。我内心愤恨，恨周遭的所有人，也恨我自己。

不一会儿，夏琼从屋里走出来，一边抽泣，一边拉起我的手，说：“咱们走！”

那时，我是多么想让眼睛好起来，多么想站在她家人的面前，注视着他们的眼睛，拍着胸膛说：“夏琼选择我，没错！”

然而，形势却朝着与我所愿相反的方向疾驰而下。我的眼压不断升高，头疼得几乎要炸裂，最疼的时候只想撞墙。

1996 年年末的一个晚上，我放下手中的报纸，上面的大字标题贴在眼上也只是混沌的一团，如同窗外阴冷混浊的天气。我闭上双眼，昏昏沉沉地躺下。

接纳失明 2

一　彻底失明

我不知道自己睡了多久，只觉得那一夜极其漫长。

我数次醒来，睁开眼，眼前白茫茫的一片，像有一层浓雾，无数的小点在跳来跳去，无数的虫子在上下飞舞。我好奇，为什么天一直不亮。

我终于忍耐不住，问夏琼。她说："天早就亮了。"

一股寒流穿过我的脊梁。我把手举起，在眼前晃动，没有任何反应。我抢过报纸，贴在眼前看，什么都看不见，如同冬夜。眼前没有光感，没有远近，没有明暗，连黑也没有。眼睛这个器官凭空从我脸上消失了，不是黑，不是灰，是真真切切的虚空。

我感觉自己在一瞬间掉进了万丈深渊，这巨大的落差让我失重。我一边发了疯似的号叫起来，一边伸直双臂，用拳头在空气中四处击打，击碎了桌上的一只玻璃杯，发出刺耳的脆响。愤怒和绝望像两团火焰，在我的心中燃烧，我迈开步向前，身体碰在桌角、床沿上，失去平衡，摔倒在地。夏琼扑过来抱住我，我挣扎着甩开胳膊，把她甩到一边。

屋内的狼藉，在此后的很长一段时间成为日常。失明后，最普通的一天，都变得无比艰难。我要从头开始，学习一种生活方式。在小小的出租屋中，我向前挪步，头磕在门上，摸不到卫生间的门，吃饭夹不到菜。我有时失去耐心，便赌气往前走，假装自己仍能看见，结果撞出满脸鲜血。

屋内尚好，出门更如同置身悬崖边上。走在马路上，汽车一辆辆飞驰而过，气浪直撞在我身上，我感觉它们都直奔我而来。因为看不到红绿灯，我只能“听路”：听旁边有没有同行者，听前方有没有车经过，听车辆的鸣笛声距我多远。从前走过无数遍的路，现在重新变为未涉足的领地，迈出的每一步，都变得极不可控。这种不可控带来的巨大恐惧，让我选择故步自封，我宁可把自己困在出租屋。

我其实是个爱热闹的人。从小就爱往人堆里扎，被人挤来挤去时，我觉得体内的每个细胞都在跳跃。但现在，外面越是喧闹，我越觉得烦躁、孤独。远处有车辆疾驰而过的鸣笛声，近处有孩子的喧哗打闹。我平日不曾留意的这些声音，现在却都变得如此清晰、刺耳，同时，也如此遥远。从此以后，热闹是别人的，与我再不相关。

当这些声音逐渐消退，夜深人静时，真正的痛苦才刚刚开始。日子不再分为夜晚和白天，只有睡着和醒着。当周遭静谧，我躺下来，无数个场景开始一幕幕在脑海闪现：父亲的竹竿，我们一起掉进去的水田，盲人学生碰撞在一起、热水瓶烫伤皮肤，村民的哈哈大笑，欺负我的两兄弟站在我面前。过去因为父亲和叔叔失明而有的自卑感，以十倍百倍的力度在我的心里翻滚灼燃。

比起过去的经历，未来的不确定性更让我惶恐。我才 21 岁，人生还没开始，就结束了吗？余生还有多长？我要怎样度过？我还能做什么？那些还未成形的梦想，那些傻瓜相机没来得及拍下的风景，要如何安放？这些无解之问最后都指向余生一直折磨我的两个终极问题：为什么所有厄运都降临到我头上？为什么是我？

黑暗中，我咀嚼着对这个世界、对一切的无奈，无法睡去。

晚上睡不着，白天脾气暴躁，甚至开始在外面惹事。

有一次，我走过一座我以前天天经过的桥，对面有人突然说："这么漂亮的姑娘，怎么和一个瞎子在一起？"我火气瞬间升腾，摸到他身旁停着的自行车，提起来扔进河里。我还想要把他也扔下去。一次坐公交车，司机说我装瞎故意逃票，我扑向方向盘和他厮打。

为了散心，夏琼带我到我们相遇的桥上。桥上有很多熟人，看着我戴着墨镜走过来，有人就嬉笑着起哄说："前两天还戴着近视镜，怎么现在还戴上墨镜了？"有人接着说："他根本就没瞎，都是装的，假瞎。"夏琼冲说话的人大喊："真瞎假瞎和你有什么关系？他吃你家饭了吗？端着盘子到你家要饭吃了吗？"这时，我只感到一团怒气像火球一般，烧得我胸膛灼烫。我顺着声音大踏步摸索着走过去，愤怒让我忘记了恐惧。我把拳头重重地伸出去，砸向正说话的人。这一拳仍不足解恨，我揪着他的身体试图将他往河里扔，被一旁的人拦下。

除了在外惹事，我的内心也在逐渐封闭。现在想想当时做过的最为悔恨的事，是对夏琼发脾气。她沉默时，我会心情烦躁，因为看不到她在干什么，心里空落落的。而她张口说话时，却又经常因为不经意的哪一句话就把我刺痛。

一个夏日炎热的下午，她出去走了一圈实在有些受不了，帽子没卖出去就早早回来，买了些菜在家里做晚饭。那个时候我每天只能听听录音机，心里无比枯燥。她把饭菜做好，端到桌子上。我一点点挪到桌边，腿磕在桌角。疼痛感连同无力感瞬间向我袭来，我抓起面前的饭菜，从三楼的窗户扔了出去，冲她大喊："你给我走，快走！"

一阵沉默后，我听到她走出去的脚步声。但不一会儿，她又进来，声音带着哭腔地问我，还想要吃点什么。我心里顿时无比自责。我循着声音向她的方向伸出手，抓住她说："对不起。"她抱住我说："没关系，我也知道你心里不好过。"我们抱在一起痛哭。

平静下来后，我突然想：这是我吗？我怎么变成了这样？我今后就一直这样了吗？我不知道这样的循环什么时候到头，每天都在煎熬中度过。有时候想，如果我活着只剩下这样的挣扎，那么，不如一死了之，对自己、对夏琼都是一种解脱。

有一天，夏琼出门进货。我呆坐在桌边，面前摆放着一台录音机——我失明后了解世界的唯一工具。我不记得当时听到了什么，只记得在一瞬间，一股巨大的无聊感将我吞噬。如果此后步及之地只有这十几平方米的空间，如果活着仅剩下等夏琼回来摆上一日三餐，那么，不如现在就来个了结！我一边想，一边使劲把录音机的电源线拔下来，摸到床边，把电源线系在床帮上，想把脖子伸进去勒死自己。

我摸索着把头钻进去，马上要套好时，房门"吱扭"一声被推开。随着"啪嗒"一声东西落地的声响，夏琼"啊"地尖叫着向我扑来，扒开我的手，把电源线夺走，抱住我的头大哭说："你为什么要这样？为什么这样？你没有眼睛没关系，这辈子我当你的眼睛。我可以承受任何委屈，不会让你受半点委屈。"

她如此说，也是如此做的。从那以后，她便不再让我一个人待在家里，无论去哪里，都必须带上我，我不出去她就待在家里陪我。

为了逗我开心，夏琼想了很多办法。那时，成都演员李伯清的相声很是流行，夏琼便去买来很多相声磁带给我听。我对其中一个搞笑的段子印象深刻，说一群农民参加某运动会入场式，因为不分左右，所以村主任让他们一只脚穿草鞋，一只脚穿布鞋。入场式上，村主任喊口令："草孩、布孩、草孩、布孩、草孩布孩草孩。"喊着喊着，步伐就乱成一片。夏琼听到这里总会"咯咯"笑起来，问我是不是很好笑。我很多次都被她的笑声感染，嘴角也不自觉地上扬，但嘴上仍旧硬生生地答道："这有啥好笑的。"她见状，便又换一盒磁带让我继续听，直到我被逗乐。

老是待在屋里让我觉得憋屈，慢慢地，我开始想要出去透透风。夏琼便用20元钱买了一辆二手的二八大杠自行车，又找人在后轮侧边加了一个偏斗，骑车载我行驶在成都的街头。每遇蜿蜒陡峭的街道，我都能听到她奋力向上蹬骑时短促而沉重的呼吸；我也能感受到，路旁有无数人的目光正落在我们身上。在感激和愧疚中，我不自觉地把头深深埋在胸前。

这两种交织的情感，随着夏琼日日夜夜滴滴点点的陪伴，变得愈发强烈。吃饭时，她总是先给我夹好菜放在碗中。走在外面，看到一朵花一根草，她都会停下来，告诉我花草的名字，是什么颜色。看到一栋高楼，她会告诉我楼有多高，楼顶写着什么。有她在，路再难走，我没有踩过水洼；风再大，没有乱过我的头发。

眼睛看不见后的很长一段时间，唯一能给我带来些许安慰的是听书和听球。夏琼于是每天都找来报纸杂志给我读，穷尽办法寻找听球的机会，或去别人家里，或去商场，或在户外的大屏下。每听到球员和观众的呐喊，我就浑身有力。我想象着一群人同心协力为一个目标奔跑的场面，隐隐觉得生活还有希望——虽然这种感觉稍纵即逝。

其实，失明后的1997年，老家重庆发生了很多事，我当时浑然不知，也毫无兴致了解。那一年的6月，重庆直辖市挂牌仪式在重庆市人民大礼堂举行，掌声经久不息。第二天各大报纸的头版头条，都是重庆直辖，万人空巷，满城欢喜。这些都是后来别人告诉我的。漫画般的洪崖洞、开往春天的列车、波浪形的公路，这些令重庆人骄傲的物体和画面，我再也看不见。

我只对 1998 年的世界杯感兴趣。那一年的世界杯在法国举办，市中心的一个户外大屏要实时转播。我期待已久。

那天，夏琼骑着自行车带着我，早早出门向天府广场走去，那里的大屏幕上正在直播赛事。夏琼告诉我，很多球迷已经在不远处的草坪上坐定了，我能听到大家热火朝天的讨论声。边路开球、角球、带球传中，那场球踢得很精彩，讲解员讲得也很卖力。但不巧的是，临近尾声时，天公不作美，开始飘起小雨，陆续有球迷离开。

雨越下越大，我不愿意挪步，想知道最后的球赛结果。夏琼从自行车中拿出唯一的一件雨衣让我穿上，对足球没有任何兴趣的她则在雨里站着，等我把球赛听完。我支持的球队在最后一刻进了球，我喜不自禁，在大雨中大声喊了出来。这时，我才意识到自己想上厕所，但挪脚时却感觉大腿已经抽筋。一旁的夏琼过来扶我，我才意识到她已经浑身湿透。

晚上躺在床上，我还在脑补足球赛的画面。第二天一早起来，夏琼就去报亭买了 16 开大的《足球报》，头版头条就是讲昨晚的比赛。她开始给我读的时候，我感觉自己在享受一场饕餮盛宴。读完了，我听得意犹未尽，让她看看还有没有漏掉的。她又拿起报纸，把报纸缝隙的广告都读了一遍，告诉我说："你再想听，我就得给你来段解说了，我的足球知识你可知道。"我们都笑了，笑得我的心里一阵温暖。

足球是我的精神支柱，让最黑暗的时光有了些许色彩。心情慢慢平复，状态渐渐转好后，我才开始思考当时已经困扰我们很久的现实问题——谋生。

我在成都有很多同学，有些经营自己的小店，因为毛笔字写得好，其中不少店铺的招牌都是我写的。但失明之后，我根本没有勇气，也放不下面子去找他们帮忙。

夏琼爱说爱笑，人缘好，她到小区附近的一个餐馆借了两条凳子，摆在小区附近的活动花园里，搭起简易的营业点，让我给路人按摩。她则在我旁边摆小摊，卖小商品。

刚开始时，我羞于被别人看见，后来客人慢慢多起来，有时竟还要排队，我就再也没有了面子上的顾忌。人多时，夏琼也过来帮忙，慢慢地，她也跟着我学会了这门技艺。

就这样，兜兜转转，我终于还是干起了按摩。

二　成都开店

彻底失明之后不久，一个大雨天，父亲拄着盲杖从涪陵摸索到成都看我。

夏琼把他接到我们住的地方。我们坐在对方的面前，却看不到彼此的脸。我这时才感受到，这是真正的深渊。他住了两天，没有说几句话，语气中也没有我想象的惊讶。最后，他把 2000 元钱放在桌上，起身离开，走到门口时对夏琼说："你是个好姑娘，你们考虑考虑，什么时候把婚结了。"

父亲走后，我好像一下子接受了已经失明的事实，接受了这如山般沉重但真实的宿命。捏着他冒雨送来的一沓钱，我知道自己不能再去想死的事。那么，接下来的问题就变得简单：要怎么活下去?

我们在成都市区的一个菜市场旁开了一个按摩店。店面很小，只有十平方米，能放下两张床。房租很便宜，一个月只要四五百元。

有了自己的店和收入，我对未来的恐惧少了一些，第一次觉得在黑暗中抓到了一丝亮光。与此同时，我开始频频想到在按摩学校的那些同学，想到杨姐，想到每天穿着西装、打着领带出去给人按摩的大叔，想起他们在一起表演节目时的欢乐，这样想着，我突然觉得，一直在下沉的绝望，似乎看到了一个底。

也正是在稍稍平静下来后，我才开始真正思考我和夏琼的关系。在最难熬的日子里，是她一直不离不弃，顶着压力，陪伴我，鼓励我，开导我，一点点把我从深渊中拉出来。我庆幸我们的相遇，感念她为我做的点滴；但同时常有愧意，甚至有时希望她可以离我而去。

这种矛盾的心理持续了很长一段时间，直到我们认识的第三个年头，夏琼提出结婚。我听完很是激动，但同时又陷入新的矛盾中：我期待和她执手走向未来，但又担心给不了她想要的生活。先莫说来日方长，单是眼下领结婚证这件事，都让我们无比犯难。

要领结婚证，夏琼需要回老家拿到户口本，或者社区开的户籍证明。

但没有一个人支持我们的婚姻。为了和我在一起，夏琼此前已经被外公赶出了家门。岳父本来试图以自杀威胁，通过最后的施压让夏琼放弃，后来看到她心意已决，便极不情愿地带着她去社区开了证明。

办完事，他跟在我们后面，走得很慢。要分开时，他抹着泪，拍着夏琼的手说："嫁人了，要把别人的妈妈当自己的妈妈，要把别人的爸爸当自己的爸爸。你老公是你自己选的，九头牛都拉不回来；你嫁给他，牙齿打掉自己疼，不要回来讲。"

我们拿着夏琼的户籍证明，回我的老家涪陵。回家的路其实并不远，但我走得极其艰难。

失明后，我切断了和所有亲朋的联系，20多年来，这个家带给我的自卑感，形同心口上的一道伤疤。自己失明后，这道伤疤上又被插上一把利剑，开裂、溃烂、流出鲜血，如何能展现在人前？

因此，我发誓，再苦再难，就是死在外面，也不要回家。如果实在不得不回家，我就很晚才到，待上一两天不出门，等到晚上再离开。

领证那天，我做贼一般，在一个亲戚的带领下去了民政局。我们只花了十几元钱，没有婚礼，没有任何仪式，没有亲友见证，就这样结婚了。

领完证去店里吃饭，我坐在夏琼旁边，听着店里播放的歌曲，心内似有潮涌。我为自己成为丈夫感到骄傲，同时觉得，和我结婚，对她太不公平。歉意、感动、对未来的忐忑和期待一齐涌来，在交织的情感中，我用手摸索着找到她的脸，无言，心里想：我的爱人，我能为你做什么？

婚后，我更加努力地经营按摩店。为了把店做大，我从重庆招了两个亲戚，帮他们付车费，从头手把手教他们按摩。生意逐渐好起来，我们还在成都买了房。

小店的起色，让我尝到了一点“希望”的味道。这种感觉，就像喝完苦汤药后，尝到杯底未化开的劣质冰糖的甜味，让我暂时忘掉苦药的浓烈。

“你能感觉到太阳照在你脸上，你能闻得到花香，你能听到的鸟叫不比别人少。现在很多有收入、四肢健全的人还没有老婆呢！这样比，你是不是很幸福？”夏琼有一天打趣地这样说。

父亲也这样劝我。虽然我们不常回去，但每次到家，父亲都会凑过来，抓住我的手摸一摸，然后跟我说同一番话，大意就是让我好好安定下来，干好一件事，别东想西想。

有一段时间，我也安慰自己，已经结婚了，有这么好的妻子，事业也开始起色。人生至此，也没有什么好抱怨的了。直到有一次，我路过曾经学习的按摩学校。

那一天，我和夏琼到附近办事，临时决定到故地转转。然而，踏进门的那一刻，我的内心突然涌出一股莫大的悲凉。我想起第一次走进这扇门，想起我在这里欢快地跑跳，帮助盲人同学端水打饭，想到我带他们排着队走向公园等场景。而现在，物是人非，恍如隔世。

院长还有一些毕业之后留在新科技按摩门诊的同学都在。他们看到我，都不知该说什么，空气仿佛凝固。我清晰地感觉到，我心头快要愈合的伤疤此刻又开始炸裂。

其实，伤疤从未真正愈合过。

婚后，夏琼的家人对我们的态度缓和了不少。甚至，她哥哥还借钱给我们开店。每次我们去走亲戚，岳父总是远远地就接上我，拉着我的手，把我引到一把大椅子边坐下，然后将一杯泡好的茶放在我手上。

但我依然觉得，自己好像很难从内心深处走入这个家庭。有好几次，本来说好亲戚们要一起来吃团圆饭，结果到了饭点，菜摆上了桌，却没有一个人出现。

不出现尚好，倘若真遇熟人，更是心伤。“你怎么之前戴近视眼镜，现在换成了墨镜？”“你这个样子，以后啷个办？”“你啷个吃饭？啷个上厕所？”“啷个你也瞎啦，你家啷个都瞎啦？”面对大家看似善意、实则戳心的“关切”，我无言以对。

一条鱼在一个透明水缸中，身上的每一片鳞、每一道伤疤都会被看透。我想：我要离开这个地方！有一天，这个想法如流星一般，从我的脑海划过。此后，当我发现自己越来越和周围的环境格格不入时，这种想法变得愈加强烈。

在经营按摩店之余，我经常到成都的茶馆喝茶，其实是去打听商业信息。那时，顾客在店里按摩一次的价格是 15 元。我想到一个营销策略：老顾客每拉一个新顾客来，能免费获得一次按摩机会。我觉得这个想法能打开市场，但在很多人看来这并不明智。我认为按摩师傅在工作时应穿上工作服，不能穿便装，这在一些人看来，也是多此一举。

另外，我还想着，要给自己的按摩店打广告。有一次，成都电视台的一个主持人到店里按摩。我鼓起勇气提出请求，让她帮忙录一段广告词，没想到她欣然答应，且录完的效果很好。

没有人能够体会，这件小事给我带来了多大的激励和鼓舞。失明后，我的心态发生了很大的变化，其中最明显的一点是，感觉自己对人对事都失去了掌控感。与人交谈，倘若得不到期待的回应，我就惴惴不安。做任何一件事，我都期待得到肯定的反馈，倘若得不到正向且明确的回复，我就觉得自己走错了路，有踏空之感。我需要通过不停地尝试，得到一个确定的答案；需要在黑暗中抓住一根救命稻草，才觉得安全，才能拼命往上爬。

这件小事，形同那根救命稻草。它让我意识到，我一定要坚持自己的想法，而且还要付诸实践。而在成都，我显然没有这样的机会和空间。我开始思考去向，比如，换一个地方发展。

最终下定决心离开，是因为另外两件事。

1999 年，经朋友介绍，我认识了一个老道。他要把附近的一座寺庙租过来搞旅游开发。我不顾夏琼强烈的反对，把两年多挣的 15000 元钱投了出去，结果全部打了水漂。

当时，店铺里有两个师傅一边跟着我学，一边也帮了很多忙，我把店铺转让给了他们。

那时，正好有其他顾客向我提及上海，说上海有更多的发展空间，可以考虑去上海试试。虽然当时并不知道去那里究竟能干什么，但我还是心动了，并准备出发。

三　辗转上海

就这样，21 世纪的第一年，万家团圆的正月十五，我们启程向南，先到昆明，然后坐了五六十小时的火车到上海。

出发时，我们穿着单薄的秋衣，到达后才发现这里是泼水成冰的天气。在出站口，我打了一个深深的寒战。

对于上海，我的印象还停留在小时候看过的电影和电视剧画面中。虽然除了东方明珠、黄浦江外，我再也叫不出更多高楼大厦的名字，但我知道，这座城市和所有的“繁华”“发展”“先进”一类的名词都相关。站在喧嚷的道路前，听着车水马龙的声音，闻着潮湿的江水的味道，我有些茫然，但更多的是期待和希望。

我们在一个熟人介绍的朋友家里借宿了一周，又在他的帮助下，以每月 500 元钱的租金租了一间房。此后，夏琼拉着我，开始一家家按摩店挨门拜访。每到一家，我们都会留下电话号码，请求老板，有合适的机会要和我们联系。

夏琼较我先找到工作，且需要在按摩店中住宿，工作地点距我们的住处很远。她出去上班，我就得一连好几天自己一个人住在出租屋里。出租屋很偏远，她不放心。但为了挣钱，还是得走。好在她现在已不用担心我会寻短见。对面的老奶奶家有小保姆，她出去找工作时，就拜托保姆得空到我家看看。

一个大雨天，我接到一个来电，让我现在就过去面试。我还没来得及买盲杖，便找房东借了一根高过头顶的晾衣竿。撑着它，我转了几趟公交车，打听了好几次路线，到达店中时，已浑身湿透。

老板和我聊了下，说今天就可以上班，但要上交所有的证件。我照办后，开始摸索着在店里熟悉环境。我能感受到这个店铺很小，但我心情畅快。然而当天晚上，我的第一位客人只坐下几分钟就对我的按摩手法表达了不满。听到他的抱怨，我心中掠过一阵凉意，如冷水浇头。

一座陌生的城市不会因为你对它心怀热情而给予你同情和友善。我突然明白。事实上，刚到上海的一两年，我们的日子过得无比艰难，最窘迫时连温饱都无法保证。

那时，夏琼的老板每天早上会给员工发一枚煮好的鸡蛋。她就拜托烧饭的师傅不要煮她自己的那枚，这样一周下来就能攒下好几枚鸡蛋带来给我。有一次，她拿着鸡蛋来找我，地铁太挤，鸡蛋碎了一口袋。她一个人坐在地铁门口号啕大哭。哭完了，她来到我的出租屋，又开始哭。她一边哭一边把碎鸡蛋壳一点一点挑拣出来，用还算完整的蛋液烧汤给我喝。

三个多月后，为了克服和夏琼不在一起工作的不便，我们应聘到了同一家店，开始没日没夜地努力工作。从刚到店时不被人看好，到后来成绩做到店里的前两名、前三名，我收获了成就感，也挣到了一些钱。

其实我们业绩做得好，也没有什么诀窍，不过是对每个病人都以诚相待。工作的时候，我会一边按摩，一边和患者聊天。有的患者睡眠不好，我就耐心给他们疏导，试图帮他们找到睡不着的原因。聊着聊着，有的患者就睡了过去。有一次，我一连按了3

小时，病人安安稳稳地睡了一觉。他醒来说，已经有好多年没有睡得这么舒坦。我还会教患者一些基本的医学知识，例如，如何做腹式呼吸，平时如何保护颈椎等，让他们在家也可以适当调理。

这样下来，我们的回头客越来越多，生意也越来越好。但与此同时，日复一日的重复，也让我渐感空虚和麻木。在按摩店，我每天的活动范围只有十几平方米的房间，同事每天翻来覆去谈论的都是如何接更多的客人、挣更多的钱。

而我喜欢听国际局势，喜欢了解企业家创业的故事：任正非经历磨难化险为夷，乔布斯几起几落、如何在绝境中生存。这些故事蕴藏着商业智慧，也给予我心灵安慰。

盲人一定要做按摩吗？有没有其他的工作可干？我的心里突然有一种强烈的想法，不想再被盲人这个标签限定人生边界，想跳出按摩的圈子，做常人能做的工作。

也许我的人生还可以更好一点吧，只要我敢于做出一些改变？眼前“虚空”也许真的能剥离出一条“线路”，供我攀爬，让我一路向上突破虚空混沌、宿命重围。

我一边思考这个问题，一边留心和顾客聊天，了解他们所从事的职业。一次偶然的机会，有顾客向我介绍了销售行业，并邀请我去参加他们的会议。

台下乱哄哄的，有年轻人的声音，也有老年人的声音，间或有排山倒海的掌声和欢呼声。这是我在按摩店中从未经历过的，我感到浑身的血脉都在偾张。当听到有人说，有盲人也在做销售时，一条直通天际的明亮大道出现在我的脑海。我激动地跟着身边的人站了起来，心想，这就是我一直在找的按摩之外的那条路。

我很快踏上了这条路。我让夏琼把产品说明一句句读给我听，然后录下来，一句句背诵。我在心里反复练习产品介绍，左手拎着大袋子，右手用盲杖探路，开始穿梭在上海街头，如一只失去航灯的船，行驶在茫茫的海面上。

那时上海有很多摩的。每次出行，夏琼都会先骑自行车把我送到地铁站，然后劳请站里的工作人员对我多加照应；出站后，我再打摩的去到目的地。遇到台风天，狂风暴雨中我独自一人撑着一把被吹坏的伞，不知方向，无人问询，只能僵立原地，惊惧无措；坐末班地铁，下车后在车站里左冲右撞始终找不到通往地面的出站口，最后只能报警向警察求助；晚高峰时，在浦东南路和潍坊路路口，我从公交车下来，沿着快车道去往人行道，汽车一辆辆从我脚边飞驰而过，稍不留神脚掌就会陷在车轮底下。

然而，这些并非真正的挑战。

刚开始做销售时，我面临很大的心理障碍。之前在按摩店，我每天只需等着客人上门。而现在，我成了有求于人的一方。我不停说服自己，如果不开口，永远不会有机会；开口可能会被拒绝、反对和质疑，但起码有 0.001% 成功的可能。我决定把希望寄托在这 0.001% 的可能性上。

克服了这个障碍后，我开始利用一切机会和别人搭讪。在站牌下等公交车时，我会主动问身边的人，几路车有没有到；从地铁走出来，我会请求路人引导我走一段路；在公交车上，我会故意碰到身边的乘客，以开启聊天。我能敏锐地从对方的语气和反馈中，判断出是否可以进一步向他们介绍我手中的产品。

每次搭讪都是投石问路。有人不屑一顾，话问出去，一阵沉默；有人三分感叹七分好奇地说，盲人还能做销售，真不错！但更多的人听完介绍后说："好的，好的，有需要我会联系你。"只有少数情况下，有人会买下一件产品试试效果。

我无时无刻不期盼着能够接到来电，但这样的时刻少之又少。有一次，我终于等来一个电话，对方让我送一款价值不足 30 元钱的产品，在很远的地方。放下电话，我的心一阵狂跳。能买一样，就一定能买更多！我这样想着，兴冲冲地倒了一趟又一趟地铁，花了好几小时才到达目的地。结果发现，他是故意让我来介绍产品，并没有购买的意思。我欲哭无泪。

创业之路曲折跌撞，但我从不曾想过要重操旧业。直到 2006 年成为父亲后，我才开始重新审视自己在上海几年的经历，同时也开始思考去处。

四　成为父亲

每提及孩子，夏琼的声音里总有掩饰不住的激动。我知道，她很期待成为母亲，就像她在未结婚前想要成为一个妻子一样。

她觉得孩子的到来，会为我们平淡甚至有些黯淡的生活增添很多欢乐。她的内心始终对生命中的美好之物抱有无限希望，这让我很感动。

但对于成为父亲，我的内心却很复杂。猝然失明带给我的巨大打击，让我猛然觉得人生像一辆脱轨的火车，开始瞎蒙乱撞，对眼下能够做什么茫然无措，常常觉得没有方向。在自己还没有完全走出来的情况下，我不知道应该怎样迎接一个新生命的到来。让我担忧的事情太多了：我担心孩子会不会健康；我能否给他一个良好的成长环境；夏琼如何一个人带孩子；拥有一个盲人父亲，我的孩子将来会遭受怎样的压力。

另外，我和父亲的关系没有处理好，我内心对他的不解和疏离，也让我对迎接自己的孩子有心理上的抗拒。

我与父亲之间，总隔着一道推不倒的墙壁。父亲对别人都好，除我之外，至少在很长一段时间内，我一直这样认为。家里的亲戚谁手头紧了需要借钱，都会向父亲求助，很少有人在他这里吃闭门羹。但他却不愿意在我身上花钱，认为我自己要去“发狠”，要努力。

在和父亲和解之前，我对要孩子这件事心存芥蒂。但与此同时，我的内心也不时闪过这个想法，脑中想象着成为一个父亲的画面。我想，有了孩子在身旁，我的心力应该也会复燃，人生应该就会翻开新的一页，心态应该也会有很大变化吧。就这样，内心的担忧和期待时常打架，我挣扎了很久。

2005 年，夏琼快 30 岁了，对年龄的担忧，让要孩子的事情再次提上日程。尽管娘家亲戚和朋友都反对她要孩子，担心孩子的到来，会让她负担更重，活得更累，但夏琼丝毫不以为然。

那时，老家也有人开始说闲话，其中一个邻居经常在母亲耳边吹风，话里话外的意思都是，夏琼嫁给我这样的盲人，嫁妆都没要，铁了心跟我，肯定是因为有什么难言之隐，或许是因为不能生育。母亲有一次来电提到这事，我很恼火，挂断电话，我突然觉得内心无比委屈，靠在门上忍不住放声大哭。夏琼走到我身边把我抱住，一双有力的手紧紧地握住我的手，我知道我们是时候要一个孩子了。

过了不久，当夏琼发现自己怀孕后，我的内心充满期待和喜悦，接踵而至的是担忧。

我们在上海打工，夏琼连休息的地方都没有。我在老家的父母都上了年纪，无法给予她周到的照顾。怀孕期间，她只得回到老家双流，辗转在不同的亲戚家借宿。当时我已经瞒着她辞掉了按摩店的工作，开始在上海创业，急切地想要做出点成绩。

2006 年 6 月 25 日，夏琼被推到了医院五楼的手术室做剖宫产。医生让我签字时，我的手握着笔，颤抖得写不出字来。一两小时后，医生告诉我：“母子平安，是个男娃。”我的心底一块石头落地。

“生了个男娃！7斤6两！胖胖的男娃！”夏琼后来跟我说，刚做完手术的她在五楼也能听到我打电话的声音。儿子的哭声响起时，我的心底涌出从未有过的喜悦，这喜悦像酒杯中盛满的琼浆，从我的身体中溢出，以至于我情不自禁地从兜里掏出手机，挨个给亲戚朋友打电话报喜。打完后，我才突然意识到，我已经很久很久没有主动这样跟别人联系过了。

第二天，我们需要拿着孩子的出生证去上户口，我和夏琼商量给孩子起个什么名字。我突然想到，我曾经给夏琼许诺过，要带她去天涯海角，我便脱口而出，就叫“天海”吧。

我眼睛看不见，不能很好地照顾夏琼。母亲从重庆赶到成都家里，但她年老体弱，有心无力，帮不上忙。我能感受到夏琼所遭受的巨大委屈。但在那一年的那些时刻，我更多感受到的，还是她的开心。虽然明知面临那么多现实的困难和挑战，夏琼心中的幸福感仍然远远大过其他情绪。她本身就是一个极有勇气的人，天海的降生增加了她的勇气。

我欣喜于成为父亲，也深感肩头又多了重担。我抱着天海在房间走来走去，尽管加倍小心，还是难免磕撞。他疼痛大哭时，我心如刀割。

此后，我一直在想，我能为我的儿子做些什么。我每天早上早早起来，给天海洗好尿布。每天出门前回家后的第一件事，就是凑到他的床头，拿鼻子在他脸上、身上闻。他身上的奶香味在我鼻尖萦绕时，我觉得人间的暖意又多了十分。我也喜欢摸他，他的头圆圆的，身体圆圆的，胳膊一节一节的，像藕节一样。

随着天海一天天长大，能够跑跳时，他开始对我有些抗拒。我坐着的时候，和正常人一样，但我一站起来就有盲态。他刚开始看到我戴着墨镜，觉得奇怪，看到我就要跑开。我喊着他的名字，却听到他渐渐跑远的声音。

夏琼看出我的失落，就哄着天海，让他到我身边，摸一摸我。他慢慢靠近我，把小手放在我的大手上。我握住他的手，任他的手抚平我心头的褶皱；他又拿手摸摸我的头，摸摸我的脸，直摸得我的眼角渗出泪水来。摸完后，他趁我不注意，嘴里喊着“跑喽，跑喽”，就“嗒嗒嗒”地跑开了。我感受着他的手留在我手上的温热，内心的喜悦一圈一圈像水波一般久久荡漾。

我给天海买了一辆法拉利玩具车，这是小区里其他孩子没有的。天海很喜欢，整日坐在上面，一圈一圈地转。我想象着他坐在玩具车上得意的模样，进而甚至想象到他长大后开着真正的汽车行走四方的模样，第一次从心底涌出作为一个父亲所拥有的自豪感。

天海的出生，也缓和了我和家中的关系，尤其是，我开始更加理解父亲。

母亲腿脚不利索，平时走路总要落下我们好远。但天海出生之后，每次接到我们要回家的电话，她都会一连几天频繁遛弯去车站，站在站口巴望。邻居总是跟我说：“每次你要回来，你妈走路就特别带劲，脚不挨地地跑起来，你要多回来看看。”父亲也在我们到家前一天，就到集市上买我爱吃的米线、羊腿，等到家后，香喷喷的饭菜已经摆在了桌上。

天海八个月大时，我们第一次带他回老家涪陵。父亲很疼爱这个胖孙子，让天海坐在他腿上，像小时候摸我一样，从上到下，又从下到上，把天海摸了一遍又一遍。天海顽皮，没坐一会儿，就尿到了父亲腿上。父亲非但没有生气，反而不住地“呵呵”笑，逗得天海也“咯咯”地笑。

我坐在门口吹着风，听着爷孙俩的笑声，猛然意识到，原来父亲也可以如此慈祥，慈祥得让我有些不习惯。当我把天海一次次抱在怀中时，我也渐渐开始明白父亲了，明白我出生时他为何狂喜，明白是什么让他平日里眉头紧皱，为什么他施与别人善意却对我严厉。作为一个眼睛从未见过这个世界，仍对生活抱有热烈希望，但又终于被重担压弯肩头的男人，他此前令我困惑的所有行为，随着天海的出生和长大，都变得不再费解。我甚至开始有些惭愧地想，我明白这点，是不是有些迟了。

因为要带孩子，夏琼没办法上班，也就没有了稳定的收入，日子越来越紧巴。有段时间，她每天都到市场买最便宜的蔬菜，有时甚至要捡菜贩子扔掉的菜叶子。就是要去捡菜叶子，她也要花费多于常人几倍的精力——先把天海装进婴儿车，再从五楼把婴儿车搬下来，然后推着婴儿车到菜市场，捡完菜再把婴儿车从一楼搬到五楼。

有天晚上，夏琼以前的一个老客户打电话让她过去做理疗。我带不了孩子，她不愿意放弃这个机会，至少可以挣几天生活费。于是我们全家出动。夏琼先把孩子喂饱，然后去给客户做调理。我抱着天海在外面客厅等着。天海哭闹得实在哄不住时，夏琼再过来喂奶，然后继续工作，如此反复。等我们做完理疗回到家，已是深夜。

那是我们最无助的岁月，也是我开始动摇的时候。我知道她的辛苦。我有时想，要是还留在店里该多好，起码还有一份稳定的收入。但很快，另一个声音马上告诉我，这是我想要突破的必经之路，我必须主动经历这些挑战。我心里着急，想要赶快做点什么，好改变生活的现状。

孩子有时候生病了，比如感冒发烧，夏琼一个人很无助，也会偷偷在马路上哭。后来，我想办法联系到老家一个愿意帮我们看孩子的远房表姐。我把天海送回老家，送到她那里。这位表姐人很好，帮我们看了一年孩子。等天海 2 岁的时候，我们又把他接回上海。我们三个继续一起生活。

但到了 2010 年，我们在上海的打拼还是行至终点。这一年，天海要上幼儿园了，我们找了好多学校都没办法报名，无奈之下，只能回到成都。

格桑花开 3

一　定居拉萨

成都，双流。出走差不多十年后，我们又回到原地。35 岁的我，一道刻痕看似是固定在船身某处，但它其实早已随船穿三峡过了万重山。

老地方，老行当，我们又开起一家按摩店。人生可真是一个磨盘，无论如何挣扎都挣脱不了既定的轨迹。我站在熟悉的地方，身体懒散地倚在小店的门楣上，收起送顾客离开时脸上挂着的笑意，空落落地想：往后一辈子就这样了吧？什么都试过了，干不成，也该就此死心了。

得知我们回来了，亲朋都来询问上海的见闻和所获。我能说什么？十年间吃的苦头？一事无成的落寞？

"挺好的，都挺好，上海繁华得很。"我笑着答道，心头一阵苦涩。

更苦涩的是，就当我想着好好经营小店，安稳过日子时，店里的生意却不见起色。夏琼有时还要出去蹬三轮挣钱贴补家用。

我又开始躁动不安。我才 35 岁，就这样放弃，是不是太早了？要不要再折腾一下？

这是我在回到成都之后的一两年内，一直思考的问题。

这些年来，我一直竭力想要撕破盲人的标签，想要跳出盲人按摩的圈子。我不想把自己束缚在按摩的房间，归根结底，我从内心深处还想要去外面的世界，迎接新的挑战。

一天晚上，我想，既然注定要做按摩，是不是可以成为一个医生，去医院工作？同样是按摩，在医院工作和在按摩店工作是截然不同的两个概念，前者代表的是“身份”，后者只是“维生”。这个念头从我的脑海一闪而过，我自己立时被吓了一跳。

我的这个想法，在很多人眼中是异想天开。我说出来后，很快引来无数质疑。实际上，我虽然“嘴硬”，但心虚得很——哪家医院会要一个双目失明、没有学历、没有背景的人？

可这想法一旦萌生，就立即成为我黯淡生活中的一点点安慰。对这想法，我不愿放弃，它由“异想天开”变为“不可或缺”。我开始整日念叨。

有一天，有一位大姐来我店里做推拿。她之前来过几次，对我的技术和为人都很信任。在聊天时，我突然提及那个想法：“如果有机会，我想去一家医院上班。”

“可以，我帮你问一下阜康医院吧。”她漫不经心地说。

她说的其实是西藏阜康医院。但我第一次听到阜康医院这个名字时，以为它就在双流附近。

我以为这位大姐只是出于善意地随口一说，很快会把这件事忘在脑后。没想到，几天后，她果真过来告诉我，她已经帮我问过阜康医院，医院董事长王斌说：“可以。”

她弟弟在给王斌董事长开车，她跟弟弟说关于我的事时，刚好董事长就在旁边。

听到这个消息，我喜出望外，眼前仿佛突然闪现一丝亮光。我说："那我要去这家医院看看！"

"要去的话得买火车票。"大姐说。

"医院在哪里？"

"在西藏拉萨。"

拉萨？

"可以，我要去！"我脱口而出。"突发奇想"有了"突然实现"的可能，我不能错过这个机会。

但我身边的人几乎全都提出反对。毕竟我在上海奔波将近十年，最终还是回来了。他们认为，没有挣到钱又背井离乡的时间没什么价值。更何况我还是个年纪越来越大的盲人。

幸好夏琼是同意的——虽然只是勉强同意。当时是六七月，天气闷热。我去买火车票，但好多次都买不到。我那时候只晓得坐火车，认知里并没有"坐飞机"这回事。所以，这一年的夏天，我没能去成西藏。

半年时间很快过去。我一直在成都。大家都以为"去西藏"这件事已经烟消云散。

年底，王斌董事长的腰椎间盘突出发作，很严重，甚至到了无法走路的地步。他在拉萨的很多医院治疗，都无好转，就转到成都的大医院。

那位大姐带他来到我的店里，让我帮他做推拿。王斌董事长对我的技术非常认可。我们互相熟悉起来。

有一次，他下午来得特别早，对我说："张医生，我带你出去转转吧。"就这样，他带我去了附近的棠湖公园。棠湖公园花树茂盛，流水雅致，是双流区一座很有名气的仿古园林，占地有200多亩。我被他领着在里面走了很久，听到了冬风吹动树枝、吹动水面的声音。

我后来才知道，他带我出去有三个原因。一是因为每次到店，都看到只有我一个人在里面，觉得我很孤独，也没什么机会出去走走。二是他平时和我聊天，觉得我很有见识，想跟我换个环境多聊聊。三是他也想通过散步，来检验一下自己的腰部恢复情况。

我们边走边聊天。他给我详细介绍了医院的情况，说话间主动邀请我去医院上班，把医院的理疗科带起来。通过交流，我能感受到他很有爱心，也被他巨大的人格魅力吸引，便欣然答应了他的邀请。

对王斌董事长的第一印象在之后的见面中又得到了印证。此后，他又请我吃了饭。一个大雨天，我们在路边躲雨。我感觉到他两次弯下腰去帮清洁工捡东西。他在点滴中表现出的善意让我感到温暖。我决定，过完春节一定要去拉萨！

2012年3月9日，春运大潮刚过，在人潮拥挤的成都站，我只身一人，带着300元钱，坐上了开往拉萨的火车。

夏琼送我去火车站时，有些紧张不安。但她理解我心中的那股冲动。我则知道她一定会为我的远行掉眼泪，但她绝不会当着我的面落泪。

我和车上的乘客聊天。他们有人是去拉萨打工，有人是去做生意。我心里既有忐忑，也有对未来的憧憬。我不知道自己能否适应西藏的高原气候、适应拉萨 3650 米的海拔高度。

48 小时后，我到达拉萨。依旧是人生地不熟，且这次只有我一个人，但相比十多年前初到上海时的仓皇，我这次很是淡定——假如在拉萨终究无法适应，那么大不了就再回成都。作为一个中年目盲男人，除了付出点路费和时间，我还能损失什么呢？

到拉萨火车站，王斌董事长派司机来接我，还有医院的一个副院长和办公室主任，我受宠若惊。心想，这规格还挺高，心里顿时踏实了很多。

3 月 12 日，我开始正式上班，“成为医生”的想法在此刻终于实现。每天一穿上工作服，我都会摸一下左胸上面印着的医院标记。我想，我终于穿上白大褂了，我终于成为一名真正的医生了，到拉萨来的选择是对的。我很自信，也很庆幸。虽然不知后面结果会如何，但反正，第一步是美好的，我没有理由不感恩，没有理由不喜乐。

我每天要独自走很远的路，去食堂、去卫生间、去电梯、去宿舍，还要经过停车场。在拜托下班的清洁工带我在路上反复走过几趟之后，我终于可以在医院里自由行走。

同事们在生活、工作、出行上都对我照顾有加。刚过去时，因为不熟悉环境，医院的清洁工会定期去帮我打扫卫生、收拾家务。在科室上班，经常会有同事帮我打饭，出去购物时给我捎带东西。医院的驾驶班司机也会经常开车接送我出行。

王斌董事长更是悉心关照我，一如从前。

有一次我拿着饭卡去食堂吃饭，刚好碰到他。他把自己的卡给我，说：“张洪，你每天干体力活，要多吃点，饭卡上的钱肯定不够用吧。我平时来食堂少，没怎么用，饭卡你拿着。”

后来，我从阜康总院调到阜康妇产儿童医院，离原宿舍很远，每天上下班都要坐车。医院院长张德才得知后，把他的房间让出来给我住，自己则搬到另外一个地方。如此一来，我住在三楼，工作的科室就在二楼，再也不用为通勤发愁。

大家为我所做的点点滴滴我都记在心上。无以为报，我只能努力工作。从第一天上班起，我就把理疗科当成自己的事业，每天都是第一个到达科室，最后一个离开，力争把每件事做到极致。

工作之余，我开始跟当地的藏族病人学一些简单的藏语。到医院上班不到三个月，我就可以用藏语和藏族同胞简单沟通。每天下班后，我都会去住院部看望那些我治疗过的病人，陪他们聊天。

有一天我正在上班，突然来了一群藏族同胞，带了很多当地特产，其中一位主人还特意给我戴上哈达，拉住我的手不放。

献哈达是藏族人民的一种礼节。在这里，婚丧节庆、迎来送往、拜会尊长、觐见佛像、送别远行等，都有献哈达的习惯。献哈达是对对方表示纯洁、诚心、忠诚、尊敬的意思。初来乍到，我怎能接受这样厚重的礼物？我受宠若惊，不知道应该怎样接受哈达，只是僵立在原地，用刚学会的藏语表达谢意。

藏族同胞走后，我摸着哈达，心底一股暖意流淌，但仍旧一头雾水。后来听护工翻译说，一位老人来医院治疗后，收到了很好的效果。更重要的是，我每天都会去他的病房和他说一会儿话，让他教我说藏语。他出院回家后，为表感谢，特意让他们家族所有人一起来看我。

事实上，来到拉萨后，我内心一直有这种暖意。每次坐公交车，都会有人给我让座，我的心中有了不可名状的安全感。另外，拉萨的流动人口多半是四川人，亲切的乡音和相近的饮食，更是让我觉得熟悉亲切。

不同于大城市，拉萨没有钢筋水泥带来的压抑感，静谧清新的环境让我逐渐把心打开。我渐渐爱上了这座城市的晨钟暮鼓，爱上了空气中的酥油茶香。

两年之后，夏琼和天海也搬到这里。

初到拉萨时，夏琼并没有像很多人一样出现高原反应，我心里松了一口气。但没过多长时间，有一次，她出去买菜，去的时候还浑身有力，等到拎着菜往回走时，却突然感到头晕目眩，呼吸困难，只得走一走，停一停，半小时的路花了一小时才走完。到家后，我赶紧让她吃了常备的高原安和红景天。

我守在夏琼的床边，想到这些年，无论我做什么决定，她都无怨无悔支持，内心便涌出汩汩温暖和感动。

其实，到西藏来，对于夏琼来说，是一个不小的决定。熟悉的亲朋都在成都，拉萨的高原反应让人望而却步，加之天海需要在老家上小学，夏琼刚开始对于来拉萨定居有些抵触。但后来，因为担心我在拉萨的起居，也因为不愿让天海的成长失去父亲的陪伴，她毅然决定，带着天海来与我团聚。

西藏有很多格桑花，听人说，每年的春秋花期，漫山遍野盛放的格桑花配上蔚蓝的天空、悠悠的白云、成片的牛羊、神圣的雪山，构成一幅绝美的画卷。我无法想象这幅画面，但我总觉得，夏琼就像我心里的格桑花，她的顽强超乎我的想象；她在什么地方都能向下扎根，向上生长开放。

来到拉萨后不久，夏琼也不想一直待着，她还是想自己做点事，便到处找工作，历尽波折。于是我硬着头皮向医院的王斌董事长提出，能否让夏琼也到医院上班。说完后，我的内心非常忐忑，也很难为情；王斌董事长得知我们的难处后，爽快地答应了。就这样，夏琼进入医院的另一个科室上班，与我同出同入。我的心头，也正如格桑花的寓意一般，又缓缓升腾起了漂泊无定后稳稳的、有着落的幸福感。

二　结识洛则

生活节奏放慢后，我的身心都得以舒展，开始重新捡起以前的爱好。我在上海学过一点太极拳，后来认识了阜康医院麻醉科的徐主任——一个拿过全国太极拳比赛冠军的高手。每天早上，徐主任都会在医院附近的龙王潭公园指导我练拳。

与成都的棠湖公园相比，龙王潭公园历史更加悠久，可以一直追溯到 17 世纪。它也叫“宗角禄康”，是大家来拉萨旅游的必打卡之地，也是一个“藏龙卧虎”的地方。在这里，我认识了不少后来对我非常重要的朋友。

盲人还能打太极？不少路过的人觉得稀罕。在围观的人群中，有一个年轻人，经常来看我练拳，后来开始跟我聊天。他说自己是一名马拉松长跑运动员，跑过全国很多地方。慢慢熟络后，他有一天突然问我，要不要跟他一块儿去见一位名叫“洛则”的登山专家。

洛则比我大 12 岁。1984 年，当我还能看清这个世界，却对四周山峦熟视无睹时，他已经开启了登山生涯。6 年后，他成功登顶珠穆朗玛峰，成为一名国际级运动健将。2008 年，作为北京奥运会的珠峰 19 位火炬接力手之一，他第三次登顶珠峰。

当然，这些都是我后来才知道的。彼时我只听那位马拉松年轻人说，洛则是当时中国仅有的三位登山家之一，登顶过全球 14 座海拔 8000 米以上的雪山，是他心目中的英雄。

英雄！来到西藏后，我一直期盼能认识更多人，何况是如此厉害的英雄人物！我没有犹豫，直接回答："我可以，我跟你一块儿去！"

但老实说，这个时候，我对登山的了解，用"一无所知"来形容，也并不为过。失明前，我见过的山脉也不过就是童年时老家的那些小山丘；失明后，我更是对任何有起伏波折的地面都避之不及。我从来没有见过雪山，无从想象它的模样，更无从想象一个攀登了全球 14 座最高雪山的人，是一副什么形象。我的心里无比兴奋、激动、紧张。

两天后，我们在洛则家附近的一家甜茶馆见面。坐定后，洛则和我寒暄，问我是干什么工作的，我说我在医院上班。他沉稳、厚重、亲切细腻的声音让我觉得踏实，但我仍旧端起面前的茶喝了几口，以掩饰内心的紧张和激动。

"一次发生雪崩，帐篷全部被大雪掩埋，我费了很大力气才逃出来。还有一次，因为在雪山攀登太久，我得了雪盲症，眼前什么都看不见。"得知我此前从未了解过登山，洛则饶有趣味地开始给我讲自己登山的经历。

他还给我介绍登山装备，尽力用我能理解的词汇描述各式各样的登山头盔、冰爪。我在脑海中竭力想象着这些我从未听说过的物件的模样，觉得无比稀奇、新鲜。

在讲到如何爬冰壁时，洛则挪到我身边，抓着我的手，模拟爬冰壁时手和脚如何发力。那一刻，我心中的拘束和紧张全部消退。

我放松下来后，突然问他："有没有盲人登顶过珠穆朗玛峰？"

现在回想起来，我当时大概就是随口一问，算是对整个话题的一种助兴。话刚出口，我便自觉荒诞：怎么可能，盲人怎么可能登上珠穆朗玛峰？

接下来，我听到他坚定的回答。他说："有。"

这位盲人名叫艾瑞克·维汉梅尔，是美国人。他在13岁彻底失明，失明20年后登顶珠峰，后来还成了作家、演说家。

居然真的有！我感到意外，更多的是惊喜。我忙不迭地追问："那我们中国有没有盲人尝试登顶珠峰呢？"在听到洛则否定的回答后，我竟又继续脱口而出，"那我可不可以尝试一下？"

洛则当时一定能听出这句问话里的"玩笑"意味，但他仍语气坚定地对我说："那也可以。"

我揣测，在那一刻，他心里想的可能是：怎么可能。

"过段时间，我带你先在周边的山上走一走，适应适应。"临走时，他轻描淡写地说。

垂直的冰壁、危险的冰崩、遇难的队友……那天离开甜茶馆后，洛则提及的这些名词和故事时常闪入我的脑海。我的心开始起伏不定。我极力在脑中想象着他所经历过的画面，想象着起起伏伏、高高低低的山脉，就像我小时候看到的丘陵一样。我不知道洛则口中所描述的高山和我儿时看到的山丘有几分相似，但我确定的是，和他相识后，我突然感觉自己站在了一扇门前。这扇门背后，或许是一道深深的沟壑，或许是一条通向天际的云梯，不管是什么，我都想推开它，走进去看看。

两周以后，洛则履约联系我，问我要不要去徒步运动。我们就和其他一些朋友一起去了一座寺院后面的沙石山。那座寺院在拉萨市郊，龙王潭公园向北 4 公里远的地方，据说周边曾经是一片野蔷薇花的盛开之地。

洛则并不认为这种徒步运动，会是谁的登山运动事业的第一步，并为其赋予什么意义。他只是践行自己当初带着我去山上走一走的承诺而已。

寺院一带很热闹。有很多市民会去那里转山。我到拉萨之后，早上常常出去走动，到公园、到布达拉宫脚下。现在跟大家到更远的地方徒步运动，我心里自然是很开心的。我当时完全没有要穿登山鞋、带登山杖的概念，在户外运动领域，自己是小白。我就只穿了一双最普通的运动鞋，拿了一根盲杖。

在寺院那边，我和洛则会合。他带着我往上走。

这是一座小山，虽然并不是很陡，可全是乱石，没有路，表面没有任何植被，都是沙石，走上去稍不注意就会滑倒。沙石松散，有些坡道很陡。我一开始脚下使劲用力向上跨步，没走两步就会摔倒。再加上脚上鞋子并不适合这种路，一步一滑，摔了几次后，我手上、脚上开始带伤——大部分都是被沙土间矮小的荆棘丛给刮伤的。

好几个瞬间，我都冒出这样的想法：累，很苦，太危险了，以后再也不要来了。到了后来，我甚至有一种“是在被洛则拽着往上走”的感觉。

后来他告诉我，脚下不能太用力，身体要适当向前倾斜，把力量用在登山杖上，这样就形成一个三角，会更加稳固。

我按他说的做了几次，摔跤次数越来越少，也慢慢放松下来，平衡更容易掌握。虽然看不见前面的路况，但只要脚下稍有异样的感觉，我就能立马稳住，即使摔倒也能够立刻站起来。

他发现我的反应速度特别快，然后又给我讲了很多登山的技巧和注意点，这样，我对登山有了初步的认识。

我们每爬过一段、休息一会儿之后，就会继续向上走。洛则对我说："你的协调能力很不错，虽然容易滑倒，但能很快就站起来，并且你的自我保护意识也很强，像本能一样。"

这番话让我备受鼓舞，也驱散了我"再也不参加户外徒步运动"的念头。我感觉身上有了一股力量，看不见的前方也变得妙趣横生，像一个迷宫一样，等待着我去踏足破解。

在沙石山之行结束后，我手脚上来自荆棘的伤痕疼了很久。但是内心却感到从未有过的释放和轻松。我很快又联系洛则，想要参加活动。"徒步"也就终于有机会升格成为"登山"。

三　登山生涯起点

这样想着，很快，我就迎来了登山生涯的正式起点。

2015 年国庆节，洛则向我提及西藏自治区直工委组织的攀登雪古拉峰的活动，问我有没有兴趣。我想都没想，直接回答:“有！”

雪古拉峰的名字带“雪”字，却没有雪线，山上多的也都是沙土石头。它位于西藏中部的当雄县，海拔 5800 米，离龙王潭公园直线距离有 100 公里，徒步登山路上没有特别险峻的冰岩雪坡，是初级登山徒步爱好者尝试登山探险的理想之地。

洛则送了我一个登山包。这次我也下了大本钱，买了冲锋衣、冲锋裤、徒步鞋、登山杖，总共花了几千元钱。这是我第一次拥有属于自己的户外装备。主办方想得很周到，为我这个首度登山的盲人安排了一位藏族向导。

这可是我第一次正式登山，我在心里暗暗为自己加油鼓气。我想，第一次很重要，一定要好好表现，要引起别人的关注和认可。

这是一座很大的乱石山。我后来听人描述，山上的石头大则如篮球，小则如橄榄球。但我当时并不知道，只是大步向前迈，兴冲冲地一路向前。

我的向导是个藏族小伙。或许出于对我安全的考虑，他反而走得比我这个盲人更加小心翼翼。

整体而言，攀登过程很简单，装备尤其是鞋子还算“精良”，但我走得并不稳当，有时脚尖还未放稳，石头就会滚落。看得见的人登山，也会经常扭伤脚；我看不见，不知道石头是动还是不动，往哪个方向动，因此也不知重心应往哪里放。

因此，每走一步都是在赌，每跨出一步，都是全新的一步。但同时，每踏稳一步，我的内心也安稳许多。

我慢慢喜欢上了这种感觉，甚至开始享受其中。我看不见别人能看到的清晨的云海、曙光，也看不到雪融化入冰洞汇成溪流的美景，但我能够感受到离开城市喧嚣后的大自然，空旷、安静。我能清楚地听到自己的呼吸，一呼一吸之间，我感到无比放松、开阔。长长的山路，在四周静谧的环境中，我有足够的时间和自己、和大自然对话，也能清醒地回顾过往，思考生命中那些很多年无解的问题。

我们两个人最快到达顶峰。很多人还没上来，所以上面整体而言还算宁静。我什么都看不见，觉得此时只有我一个人站在峰顶。这是西藏大地上空旷又雄伟的山峰。呼啸的疾风向我吹来，我的脸和鼻孔被刮得刺痛，但我感受到从未有过的释然和清爽。

头顶应该有蓝色的天和白色的云吧。我努力想象眼前的画面，仿佛白云、蓝天、草场、高山真的出现在我面前，填满那种目盲之后仅见的虚空。

我听到了旗帜、经幡飘动的声响，凛凛冽冽，置身于这天地之间，让我陡然产生这样的猜想：将近 20 年来，我心心念念想要在前方苍茫虚空之中，追索抓取的所谓“希望”，也许正是我的身躯——这副逐级而上终于与山同高的身躯。

我想到了小时候看过的古装电视剧，侠客、武将，牵马擎枪，披氅耸立，大氅随风飘荡，他们背身而立，望着残阳沉山、百川到海。果然是同一种英雄气。我不能不心胸开阔。20年愤懑于是一时释放。

这就是我第一次正式登山并登顶时的感受。我获得了巨大的满足和自信。

我一回到拉萨就开始思考：哎呀，我难道真的有可能会去登山吗？登山真的可以成为一项我能从事的运动吗？我真的可以把登山这件事当成我未来人生的一个突破方向吗？

有一件事，我已经寻找很多年，直到2015年，我40岁时，仍旧没有找到。

夏琼已经跟了我将近20年。从相遇时的一见倾心，到我生病时的不离不弃，再到彻底失明后一步步陪我走出深渊，她活成了孤家寡人，和自己的原生家庭渐行渐远；从成都到上海，从上海又回到成都，再从成都到拉萨，她默默支持着我所有在别人看来近乎疯狂的决定，没有半句怨言。这些年，她承受过多少异样的目光，吃过多少苦头，受过多少累，犯过多少难，我眼看不见，但心里如明镜一般。

她有时候开玩笑给我讲："本来是想找个港湾，结果回头一看，已经把自己活成了那个港；本来想做大哥的女人，没想到做成了女人的大哥。"她总是口出金句，随后跟着一阵爽朗的笑，逗得我也哈哈大笑，但笑着笑着，我突然觉得心里堵得慌，像吞了一口棉花。

我的儿子天海马上要满10岁。没有任何一个人能比我更清楚地知道，天海，作为一个盲人的孩子，在他成长中、在他长大后，将会面临怎样的障碍和压力——在家里是街坊邻居讨论的焦点，在学校一定是同学取笑的对象，甚至难免受到亲戚的白眼。我能做什么让他觉得爸爸虽然看不见，但还是很厉害的，甚至有可能成为他的榜样。

天海漂泊而又独立。后者是我希望他具有的品质。毕竟人生中的很多困难都需要独自面对、独自适应。八九岁，他能一个人去菜市场买菜，然后给自己做饭；10 岁，他可以做好西红柿炒鸡蛋之类的饭菜，等我和夏琼从医院下班回来一起就餐。10 岁刚过，他可以独自一人乘坐长途跨省绿皮火车去求学。我送他上少林寺，让他去少年武校里学武术，他表现很好。这些都让我深感安慰。

但我依旧觉得，一个孩子的成长不仅仅需要知识的积累，更需要经历、见识，需要来自父亲的影响。如果做父亲的，能够通过自己的努力去做成一件事，一定会给孩子带来正向的激励。

因此，这些年来，我一直在不停寻找——寻找一件“具体的事”。我要通过做成这件事，让夏琼、让天海获得尊重，从而让他们能以我家人的身份，有尊严、有信心地活下去。

站在山顶的那一刻，听着旗子招展的声音，我突然意识到，登山，也许就是那件我一直在寻找的“具体的事”！

我想到的只有，如果真能登顶珠峰，那么，我之前的纠结、郁闷，就都有可能就此消散；我一直担心的问题——关于夏琼现在的、关于天海未来的，或将全都迎刃而解。我再度感受到光亮，并且这一次，光亮不再是一丝，而是一束。我要抓住这束光。它也许就是我人生的最后一个机会。我已经 40 岁了。

我开始吹牛了。从雪古拉峰回来以后，我跟夏琼、跟身边的同事、跟远方的同学都说了同一件事：我，张洪，要登上珠峰，我要成为中国第一个登顶珠峰的盲人！

所有人听完都哈哈大笑，他们想，这哥们儿不但瞎了，也快要疯了。他们都觉得我是在讲笑话，但一开始也会出于礼貌听我讲讲更多细节；听完后，多半都会带着开玩笑的语气，“那你去试试呗”，便结束了对话。

和夏琼在一起工作的姐妹也开始跟她说：“老夏呀，你们家老张都是你惯的，该打，你要是现在还惯着他，日后有你苦头吃。”

夏琼于是也时不时提及：“咱们一家人终于团聚了，天海也上小学了，以后终于可以稳定下来过日子了。”她有时还说，登山可以作为锻炼身体的一种方式，作为业余爱好，但重要的，还是做好本职工作，不能本末倒置。

每到这时，我都会说起那位名叫“艾瑞克·维汉梅尔”的盲人，以证明我的“吹牛”其实有理有据。

我其实知道自己有多自不量力。艾瑞克·维汉梅尔从小就接触户外运动。他的父亲是户外教练，母亲是外交官，小时候起便到世界各地旅行、徒步探险。十几岁失明后，他开始接受美国最顶尖的攀岩冠军、登山教练的训练。他似乎天生就是一位探险者，且日后又经过了严格的专业训练。

而我，在40岁之前完全未有过运动生涯，对户外领域全无积累。莫说登8000多米高的珠峰，我连数米高的楼梯都很少爬。成年之后，我最熟悉的场所就是按摩室。我最常进行的运动，是从这个床位摸索到那个床位，再从那个床位走回到这个床位。

相对于户外运动，我深知自己身上“宅”的一面。我回家喜欢往沙发上一坐，听听手机、听听录音机，经常不愿意出门。有时候夏琼想要我跟她一起出去遛遛，我都不想动——当然，这里面也有着我不想出去面对任何人的因素。

更重要的是，在2015年之前的那些年，在我试图找到“线路”

冲破“虚空”的那些年，我曾经设想过很多种关于那条“线路”的模样。但这里面一定不包括户外登山。

这么分析下来，按我的户外经验、训练条件和未来资源，登上珠峰这件事属于地狱难度。普通人登珠峰，是从地平面登到珠峰顶上，而对于我，却是要从地底深处先爬到地面，然后才可能一步一步爬到 8848.86 米的高度，简直是天方夜谭！

但我仍然会跟身边的人去谈论这个要去登山的决定，某种程度上，反对声更激起了我心中的攀登意愿，我就想：笑话可能会变成神话——从地狱里爬出来的那一种。

四　第一次与死神擦肩

我逢人便说珠峰，仿佛它唾手可得。但其实，我内心对它到底有多高、攀登有多难毫无概念，直到 2016 年 7 月参加了登山家泽龙登顶珠峰后的分享会。

那天晚上，洛则带着我，早早来到拉萨市区的一个民宿等候。拉萨昼夜温差很大，有人已经冻得瑟瑟发抖，但我内心火热，感觉仿佛和珠峰的距离又近了一点。

对于泽龙，我早有耳闻。因为热爱登山，这个 1986 年生的东北小伙彼时已经在拉萨定居 10 年。他在 2014 年成功登顶启孜峰，2015 年成功登顶马纳斯鲁峰，2016 年成功登顶珠峰，其他攀登过的大大小小的雪山更是不计其数，并且数次穿越无人区。别人都叫他登山“疯子”。

在分享过程中，泽龙展示了各种装备，什么安全带，什么冰爪，我听到哗啦哗啦响的声音，心里想，这东西什么时候我能用上就好了。

他还讲道，在登顶之后，下来途中，也出现一段时间的雪盲，眼前白茫茫的一片，什么也看不见。

泽龙讲到这里，我的心跳突然加快。看不到真的可以上山吗？那我是不是也可以？

分享结束之后，是提问环节。我迫不及待地站起来说：“泽龙老师，作为一个盲人，我也有一个梦想，想要登上珠峰。”

台下顿时一片安静。我听到泽龙说：“很好，很好呀，有梦想就要坚持。”他回答得那样礼貌。

活动结束后，很多人上前和泽龙合影留念。我走到他身边，再次介绍自己，跟他表达了我想要登珠峰的想法，并要到了他的联系方式。

接下来的日子，我经常给他打电话，想要约他再见上一面。

在我们医院住院部对面的一家东北饺子馆，我请他吃了两顿东北水饺。其间，我说：“我真的想去登山，到底登山过程会遇到什么困难？盲人登山到底有多大的可行性？”我急切想要知道这些问题的答案。

泽龙之前只是通过新闻知道，国外有盲人登山，教练在前面用铃铛给他引路。我抛出的这些问题引起了他的兴趣。他也开始好奇，盲人在山上到底能走多远。

他给我分析说：“攀登珠峰最大的危险在于上很陡的冰壁，下很陡的冰壁、裂缝。普通登山者站不稳都会摔下去。盲人无法从前人走过的路径中获得借鉴，每一步都是试探性的，发生跌倒或滑坠的风险应该更大。”

这段善意的提醒让我心里一凉。泽龙接着说：“虽然说会有一根安全绳连着你，但是一旦掉下去要重新爬上来，你要消耗十倍以上的体能。困难和风险是巨大的，甚至在滑坠的过程中会有意外的碰伤。”

2016 年他攀登珠峰时，同行的一个队友发生了滑坠，摔断了六根肋骨，终止了自己的攀登生涯。

我听着，心一点点往下沉。但随后一转念，每天有多少人死于车祸？我每天出门，走在路上，每过一次马路不都是一次冒险？做什么事都很危险，除非不做。“直面危险，才是最安全的。”我当时如此回应泽龙。

看着我如此坚决，他告诉我，正好 10 月第十四届西藏登山大会将在拉萨举行，这也是西藏登山大会第一次从海拔 6206 米的启孜峰移师洛堆峰。

洛堆峰的海拔为 6010 米，位于羊八井西南部，在念青唐古拉山的西南方，5600 米以上有积雪冰壁，攀登沿线没有特别险峻的冰岩雪坡，适合初试雪山探险，但对没有户外登山经验的登山者而言，这里极为危险，未经过相关的体能训练以及没有专业的人员协助，千万不能贸然攀登。

对于一个没有经过训练的盲人，洛堆峰更是“禁区”。

按惯例，盲人不适宜参加高风险活动。对于带我冒险，泽龙也犹豫过。

有一次，夏琼、泽龙和我在一起聊天，聊着聊着又说到攀登珠峰的事。泽龙当时说，在我们国家，盲人登山很难，之前也没有先例。听他这么说着，我觉得心头有一阵阴云飘过。

“咸鱼都有翻身的机会，我没有权利阻挡他追梦的脚步，没有任何人可以剥夺一个盲人追梦的权利。”正当我陷入沉思，不知如何回应时，夏琼突然说出这一番话。她说完后，习惯性地笑起来。她笑得那么爽朗，想让这句话也听起来云淡风轻。然而，于我而言，它却有千斤重的分量。

其实，从开始决定爬山后，我就一直在观察夏琼的态度。尽管身边有很多人对我的行为感到不解，间或也有否定的声音让我不免泄气，但她向来都是听着我的那些“豪言壮语”，和我一起想象着站在珠峰峰顶的画面，从未说过半句话扫我的兴。当然，此前，她也没有明确地鼓励我向更高的山峰迈进。因此，随着攀登的山峰越来越高，我心中的压力和担忧也越来越大。直到听到她的这番话，我才如同在爬山时踩稳了一块险石，内心顿感充实有力。

夏琼说完这番话后，屋内一阵安静。随后，我听到泽龙开了口：“洪哥，不论如何，我都会尽力帮你完成这个珠峰梦想”。

但当他把这件事发到登山朋友圈后，所有人都觉得他疯了。大家给他泼凉水说：“你不要以为你登上珠峰就可以带一位瞎子去登山，不要做傻事。”他还是顶住了各方面的巨大压力，决定带我去尝试一下。

那时，我对攀登雪山并没有任何概念，也没有意识到会有什么危险。心里没底，我决定先做点事情。

在泽龙的指导下，我开始进行相应的训练，主要是负重爬楼梯，也买了一些简单的登山设备。另外，我坚持做俯卧撑、仰卧起坐。我们住在医院三楼，于是我就爬楼梯，从一楼到三楼，再从三楼返回一楼。这些动作没人教，可能并不标准，但至少让我觉得充实，让我感觉自己正在为心之所向的事情做出努力。

出发前往洛堆峰前，我们在西藏登山学校集中报到。泽龙扛了一大包的登山装备，安全帽、安全带、高山靴、冰爪、上升器、下降器，还有各种环境穿的衣服，准备教我使用。

我以前从来没接触过这些玩意儿，他也是第一次接触盲人，然而两三遍以后，我就能按顺序重新示范一遍。

泽龙看完很惊讶，他说："你很厉害啊，之前我教过不少人，有的人连安全带都穿不好，你这么快就都能记住，关键你啥也看不见。"他觉得我的学习能力很强，空间感、物体的结构感比普通人更强。

我跟他开玩笑说，我可是要去挑战珠穆朗玛峰的，那种自信瞬间在心底升腾。我甚至说，我们这次能不能定个目标，我要前三名登顶。

来到洛堆峰大本营后，我人生第一次近距离接触雪山，也是第一次住帐篷。想到要去做一个陌生但又有点伟大的壮举，我心里面除了激动，更多的是怀疑和恐惧。

经过乱石堆时，泽龙告诉我，跨步一定要小，落脚要轻，前脚踩实后再移动重心。我拽住他的胳膊，重心不稳，随时可能滑倒。走了一会儿，我们两个人的体能消耗都非常大。

三个多小时的乱石堆行走后，我们上了雪线。我听见他踩在雪地上发出的声音，也迫不及待地迈出右脚踩在软软的雪地上，大雪一下子就覆盖了我整个脚踝。这声音很像小时候在农村踩在干草丛上的声音。每一次迈步，我都要用力把脚从雪里拔出来。

天空一直在飘雪，温度很低，可我的后背却在冒汗，没有一丝冷意，也许是我还沉浸在第一次到雪山的新鲜感中，很治愈，很美妙，很好玩。

冲顶当天的凌晨，我听见前方传来密密麻麻的登山杖敲击石头的声音，我知道，我们已经落后大队伍一段距离了。我心里有些着急，可是穿着笨重高山靴的脚怎么也迈不快。我感觉到泽龙比我更着急。经过几次调整，我们改为用登山杖，他握住一头，左右上下摆动来告诉我向左向右或者上坡下坡。

我们之间有了距离，不会相互踩脚，轻松多了，速度也快了起来，居然一个个超越了前面的队友，来到了队伍的前面。

然而，在离峰顶还有 20 分钟路程时，泽龙突然说，前面有一个难度极大的陡坡。他让我停下，然后向我描述了陡坡的情况：高度大约有 4 米，坡度 70 度左右，上面覆盖的雪厚度大约 40 厘米，而且非常松软。

此时，我们只有一根路绳掌握方向并可以借力。但路绳是软的，容易晃动，难以固定方向。于是，泽龙先爬上去帮我指挥方向。我右手紧握绳子，左手拿着冰镐保护自己，尝试着往上迈出两步。但由于路绳晃动不稳，脚下的雪又很松软，我根本站不住，无法往上爬，尝试了很多次都摔了下来。

我听到身旁有人一个个经过。情急之下，我索性把左手的冰镐直接扔掉，用双手紧紧抓住路绳。这是极大的冒险，因为左手没有冰镐做保护，一旦路绳没拉住摔下来相当危险。我就这样紧紧抓着路绳，硬是用双手的力气把自己拽了上去。

渡过这个难关后，我长长舒了一口气，又走了几分钟就到达了终点，成为第三个登顶的人，比第一名晚了 4 分钟。

就这样，泽龙带我登顶了人生第一座海拔 6010 米的雪山，成为国内第一位登顶雪山的盲人。

下山途中，说不出为什么，我的眼泪一直流。我想到了夏琼，想到她这么多年来的相守和陪伴，无怨无悔地支持我的每一个决定；想到了点燃我雪山梦想的洛则，想到他拉着我的手一步步走过乱石堆，在雪山上俯下身子帮我穿冰爪；想到刚才爬陡坡时，泽龙拽紧路绳传给我的力量。那一刻，我突然觉得，我不是在登山，而是在朝着一个光明的地方奔跑，路上无数人在为我欢呼、开道。

攀登洛堆峰带给我的感动持续了很长时间，战胜困难登上峰顶的喜悦似雪线绵延。但直到这时，我的登山历程还没有遇到真正的挑战。真正与死神擦肩，是在攀登卓木拉日康雪山时。

那次攀登完全是一时兴起。

2017 年年底，我和泽龙在一起吃饭。他突然说，前段时间和几个朋友攀登了卓木拉日康雪山，海拔 7000 多米，但都没有登顶。“你对登珠峰这么坚持，要不要尝试下更高的海拔？”他问。

泽龙口中的卓木拉日康雪山，海拔 7034 米，峰顶突兀，壁峭坡陡，是藏族民间传说的喜马拉雅山七仙女之一，被当地百姓称为“圣女峰”，与珠穆朗玛峰是姐妹峰。这座峰位于中国与不丹的边界，山顶终年白雪皑皑。当然，这些都是日后别人给我描述的。

彼时，我对它毫无了解，只听到“珠峰”两字，便立刻来了兴致，没等他说完，便答：“要去，要去！”

但这时候去登，可是反季节登山！所谓反季节，就是非登山季。一般不会有人在 12 月去攀登雪山，因为气候恶劣，平均气温都在零下 30 摄氏度以下。并且，自主攀登是没有向导的，所有的物资装备都得靠自己来背。我此前没有任何训练准备，甚至连登山装备都得临时购买。泽龙说，我们正好可以借这个机会模拟一下珠峰的真实环境。

我知道夏琼心里担心，但她嘴上还是说让我去。她给我准备行李时，默然不说话。每装一件，她都要停一下。我后来听她讲，当装完衣服时，她感觉自己的整个心都被掏空了。她把我送到马路上，送上车以后，看着车开远了，才落下眼泪。她总是让我把沿途的风景拍下来，把山上的风景拍下来，等我回来后，把照片和视频发给她，她再把照片和视频上的内容说给我听。

说走就走，泽龙开车带着我，还有另一个经常在西藏徒步旅行、但从未登过雪山的女孩靖兰，向卓木拉日康雪山山脚驶去。天亮到达山脚时，天气很好，基本没有风，太阳炽烈。我只觉得很冷。

第一天还算顺利，我们用三个半小时就走完了原计划五小时走完的乱石堆。上了雪线后，我穿上踏雪板，但两个板子经常打架，两脚要朝外走才能保持平衡，速度开始放慢。晚上到达6200米高处，我仍精力充沛，协助他们搭起了帐篷。

为了减轻重量，我们带了一个高山炉子，一个既是锅也是碗的容器。早上起来，泽龙拉开帐篷，瞬间被外面的狂风暴雪给吹回来。第二次，他鼓起勇气再次出去，迎着风雪，挖了雪回来，放在炉子里，加热到六十多摄氏度，我们用它煮方便面。我们只有一个锅，也没有碗，等方便面没那么烫，我们轮着来，你吃一口，我再吃一口。在海拔6000多米的户外，一切都那么渺小，你一勺，我一勺，我们顾不得讲究卫生，唯有信赖彼此，把生命交付彼此。

然而，第二天吃完便饭，拆掉帐篷，继续向上走时，我渐感体力不支。由于海拔升高、天气很冷、身体负重，我开始大口大口喘气，脚上的踏雪板也越来越重。我一遍遍在心里自我暗示：我不是在爬雪山，是在走高速公路，这是一条康庄大道。

这样挨到中午，终于可以坐下来休息进食。泽龙这时说，刚才我们跨过了一个冰裂缝，现在脚下也是一个雪桥。我对雪桥没有概念，心口顿时一紧，忍不住一次次问他裂缝有没有危险、我们会不会掉下去。我甚至想跟他说，咱们下去吧，我不想登了。

“如果现在放弃，就是一辈子放弃，你以后再也不会到达更高的高度，现在的地方就是你的极限。放弃这座雪山，你也不会再有下次机会。”在海拔 6400 米处，泽龙对我说了这一番话。听得出，他的声音有些激动。我有些惭愧，同时备受鼓舞，暂时打消了下山的念头。

但不多时，泽龙的手机收到两条新闻：在距我们直线距离 200 公里远的另一座山上，有两人遇难；在不远处的启孜峰，也有一人遇难。同一个攀登周期内三个人遇难，且三人都是专业的登山队员。我第一次感到死亡离我如此之近。

继续向上，还是就此放弃？我再次面临抉择。疲惫加上恐惧，让我的身体接近崩溃的边缘。然而，想到泽龙的话，我对他说：“既然来了，就继续向上吧，能走多远是多远。”

我们继续艰难往上，我觉得走了很远、很久后，才到达 6800 米的高度，比预定时间晚了整整两小时。当泽龙和靖兰用尽全力将登山杖插入雪地，开始搭帐篷时，我连卸下背包的力气都没有了。强烈的困意和倦意使我倒在冰上，几乎睡着。

晚上钻进帐篷里，他们两个把最暖和、最安全的中间位置让给我。我心里一阵温暖，但身体冰冷，呼吸困难。外面狂风呼啸，帐篷随时可能被风吹跑。我出现了严重的高反，胃疼得像火烧，浑身发抖，一夜未眠。

第三天登顶时，泽龙原计划早早出发。结果早上一出帐篷，直接被狂风打了回来。稍稍休整了一下，等到太阳升起，我们再次走出帐篷，仍旧是狂风大作，我能感受到被风吹起的漫天雪片打在脸上。从 6800 米到峰顶 7034 米，200 多米的登顶路程变得极其遥远。我每走一步，都要拼尽全力。我在心里反复默念：我可以，我能行！我可以，我能行！后来竟不自觉地念出了声。

中午 12 点半，我们终于到达峰顶，此时的海拔是 7050 米，气温是零下 30 多摄氏度。泽龙告诉我，背后就是不丹王国。雪花打在脸上确实很冷，但我已无暇顾及，挺过了一路波折，取得了登顶的成功，创下了新的纪录，我心存感恩。我举起手机，原地转了一个圈，拍了很多视频和照片。

半小时后，我们开始下撤。时间很紧，我们必须在天黑之前回到山下，不然会有迷路的危险。我能感觉到这时的天空一定是极其阴沉的，因为胸前有明显的压迫感。更不巧的是，我这时已经脱下坏掉的踏雪板，每走一步都陷得很深，怎么也快不起来。

幸好泽龙带了滑雪板。泽龙和靖兰身上都有结组的绳索。我坐在滑雪板上，靖兰在侧面，泽龙在后面用绳子拽着控制方向和速度，这样一来，我们下山的速度果然快了起来。

脚下软软的雪地，让我紧绷的双腿慢慢放松下来。就在我开始稍稍感觉惬意时，泽龙猛地紧紧拽住绳子，与此同时，我也感到脚碰到了一块硬硬的边缘，心里咯噔一下。

“把你的右脚踩地，右手撑住身体，慢慢向右转身。”泽龙冲我喊道，声音明显发颤。我一一照办后，他几步上前把我扶起，让我向前跨了几步。等我站稳后，他长长地舒了一口气。我后来才知道，当时的泽龙脸色煞白，全身冒冷汗。

因为一直下雪，白茫茫的一片，能见度很差，我们走错了方向。刚才，我已经滑到一个冰裂缝的边上，左脚已经悬空，如果再向前半步，毫无保护的我，后果不堪设想。

这是与死神的一次亲密接触。

在这之后，我们又遇到几次危险：天黑再次迷路，远处出现狼群。兜兜转转，直到深夜，我们才回到山脚，钻进车里，筋疲力尽。

这次攀登，我的体能状态、应变能力和心理素质有了一定的提高。但不同于第一次爬雪山的喜悦，这次攀登过程中经历的挫折，让我开始重新思考登山之于我的意义。

我开始反问自己，我为什么要来这里呢？别人登山可以欣赏无与伦比的美景，也可以拍出很棒很酷的照片，那我的收获是什么呢？难道就是来承受痛苦和折磨的吗？跌进冰缝的惊险、身体不适的无助。我回忆着这些，心情再也不能平静。每天朝九晚五、按部就班地生活不好吗？我此刻只想快速下山回到城市。可这个时候心里边另外一个声音好像在提示着我，你之前的承诺是什么，不能放弃。

中年奔走 4

一　人生若飙尘

当我独自在外训练、创业，在各地奔走不歇的时候，噩耗传来。

2018 年 11 月的一个早上，我接到重庆老家打来的电话，说父亲从椅子上滑下来，摔了一下，已被送往医院。

我当时在浙江宁波，夏琼在拉萨。我们赶紧买了机票往回赶。我心想，不过是摔一跤，应该没有那么严重。

然而，父亲却在被送到医院当天的中午离世。我们没能来得及见到彼此。

我们于夜晚赶到重庆，又从重庆回到涪陵。

到家后，叔叔告诉我，我的父亲已经走了。

叔叔说，父亲走之前，一直张着嘴呼呼喘气，好像在等待什么，好像有话要说。叔叔安慰父亲："不要担心，张洪正往家赶，已经在路上了，放心吧，后边都会好起来的，会越来越好的。"叔叔把最后一句重复了好几遍，父亲听着这样的话，慢慢停止了呼吸。

我摸着父亲已经冰冷的脸，把他仍旧张开着的嘴轻轻合上，泪水落下。

我失明后，父亲一直担心我到底能不能做成事。我也一直极力想做点什么证明给他看，让他能挺着腰板在人前说：“我儿子虽然看不见，但牛得很！”

究竟怎么个“牛”法，我从来没有问过父亲。但我心里总觉得，来日方长，总有一天我能做到。这些年，父亲一直在做小生意，走南闯北，身子骨还算硬朗。只有前些日子，我听他说身体有点不舒服，想让他去看看医生。他搪塞道：“多大点事嘛，莫去花那个冤枉钱。”我于是寻思，下次回家再陪他去做检查。

可谁知，再也没有下次了。一切都还没有开始，就结束了。

送葬那天，我跟着车队往前，一路上想着父亲的一生。我能感受到同行的人有很多。快到普陀寺山了，车队逐渐慢下来，陆续有人下车。鞭炮声响了，我能听到人们把棺木从车上抬下来，缓缓放入坑中。我知道现在到了最终告别的时刻。

按照本地习俗，棺木落定，家属还能再看逝者最后一面，但需要跳入土坑之中。我行动不便，想要尝试，却无法跳入。是夏琼代我跳了下去。土坑上方，八位男子拉开一大片红布遮住天空后，棺木被打开。

跳入土坑的夏琼摆正父亲的头，摆顺父亲的手，最后把我们三个人的衣角用纸包好放在父亲的手里——据说这样可以保佑生者平安。

棺木又被闭合。她爬出土坑，大家开始盖土。她扶着我，把铁锹交到我手里。天海也默默走过来，拿铁锹往坟中盖土。鞭炮声再次响起，纸扎的大房子燃起，我们脱下身上的麻衣孝服，把它们扔进熊熊火中。

我内心悲痛，想着父亲的一生，觉得周遭的一切像是一场梦。

如果说，我是在21岁的年纪陷入虚空。父亲的一生，则从没有见过光明。他严肃待我，却在这严肃之中饱含心底的期盼——一份让我努力“发狠”，在风雨和磨难中，无惧无悔，傲然挺立于世的期盼。他受过多少冷眼，却依然对别人友善慈祥，赢得乡邻好意。他一生辛苦奋斗，勤俭节约，攒下一笔小小的财富，为我提供强大支柱。父爱如山，沉默却强悍。我忙着抱怨，忙着不解，忙着和他拉开距离，却从未细细想过，他这一生究竟怎么熬过。当他猝然离世时，当我也已成为父亲时，这些年的芥蒂、拧巴似乎在“一切都已来不及”中放下了。

父亲弥留之际，到底想对我说什么？我思来想去，无法得到一个令自己信服的答案。斯人已逝，生者能做的，只有继续前行。“人生寄一世，奄忽若飙尘。”我必须抓紧时间去生活，去做事，去训练，去珠峰——去完成和自己、和家人全都有关的那一个目标。

父亲丧事完毕，我乘飞机回拉萨。将攀登珠峰的所有事项提上日程。

当务之急是寻找一个专业的令我信服的向导。未来，他将与我一起在珠穆朗玛峰上栉风沐雨。他需要用最简单的方式，让我听懂他的指令；他需要耐心、善良以及丰富的想象力，以便代入一位盲人，长时间的、瞬间的黑暗处境；他要对我有信心，同时也要赢得我的信任。还有最重要的是，他要有足够丰富的经历和专业的技术。

泽龙无疑是符合这个条件的。

我和他在卓木拉日康雪山的冰雪和沙石中，一起经历过接近生死边缘的时刻。他经历丰富、技术过硬、性格开朗、心地善良。我对这个来自东北的年轻小伙子无比信任。我希望他能和我一起爬上更多的高山，最好是那座珠穆朗玛峰。但事与愿违，他不久之后决定不再和我一起登山。

事实上，他决定不再和任何人一起攀登雪山。因为他要结婚了，和一位自己深爱已久的女士。他对我说："洪哥，对不住，我媳妇不许我再去登山了，她担心我出事，我岳父说我要再去的话就打断我的腿。"

我表示理解，依旧致谢。他虽然不再攀爬高山，但他永远都是我可以随时请教的登山专家，也永远都是我最好的朋友。

我需要继续寻找向导，以便开启海拔 7000 米以上的攀登旅程。慕士塔格峰，海拔 7546 米，远在中国西北部，它是国内绝大多数珠峰攀登者的必经之路。在这段时间里，我认识了登山家夏伯渝老师，并向他请教有关攀登珠峰的事项。

夏伯渝跟我是重庆同乡，是我的前辈，比我年长 20 多岁。1975 年，他在攀登珠峰的时候，因为帮助队友而严重冻伤，导致自己两只小腿被截肢。2018 年 5 月 14 日，夏伯渝老师成功登上珠穆朗玛峰，成为中国第一个依靠双腿假肢登上珠峰的人。也就是在这一年，他把强子老师介绍给了我。

那一年，已从西藏阜康医院离职的我，独自在外，训练之余便是创业、奔波。此时的"创业"，不是谋生，更多的是为珠峰攀登筹集资金。那段时间，我辗转于全国各地，每天打听、考察各种项目，结识无数个听我"吹牛"的人。强子当然是其中一个。

作为一名高山向导，强子早已享誉圈内。2016 年，他带领 67 岁的夏伯渝老师登顶海拔 5396 米的哈巴雪山；2017 年，他带领 7 岁女孩登顶法国南针峰，创下世界年龄最小者的登顶纪录；他还曾有过无氧登顶海拔超 8000 米雪山的壮举。

我第一次见到强子是在 2018 年年末，我当时漂泊到宁波。在海风倒灌的寒冷机场，与恰好在此转机的强子碰面。机场物价贵，我亦自知囊中境况，我们一起吃了牛肉面。面少，两个人话同样不多；热汤味道倒浓，能稍解寒气。强子声音沉稳且干脆，同时略带沙哑，让我感觉他是一个严肃、笃定、硬核而又饱经风霜的人。我直截了当地问他："有没有兴趣带一位盲人去登慕士塔格峰，还有珠穆朗玛峰？"

见到我之前，强子已经了解我的过往，从夏伯渝老师那里，从其他很多人那里。

起初，强子并没有太大把握，因为在我之前有过慕名而来的盲人寻求他的辅助，但对方没有任何登山经验，他毫不犹豫地拒绝了。而出现在他面前的我，在藏区工作生活了七八年，已经攀爬过海拔 6000 米以上的雪山，并经历过生死考验。

也许在见面之前，他早已经历过一番思考，他的回答同样简洁，他说："可以，很有兴趣。"后来的对话更加简单。强子对登山有着强烈的职业专注，他讲究逻辑和理性，在他的世界里，登山是有原则的，简单的，清晰的，不应该受太多专业之外的干扰。他曾说过，和山打交道比和人打交道简单。这也许决定了他那严苛和一丝不苟的态度。他一再对我说："要登山就要做好心理和身体上的准备。"这些强调在某些瞬间让我有点儿受挫，我感觉他似乎不想做太多情感交流，我的信心在某些程度上受到了打击。我内心浮现不安，但他言谈中显露出的专业素养、职业操守最终也将这些"不安"暂时扑灭。

即将要去攀登慕士塔格峰的我，终于找到一位愿意帮我去爬山的向导了，夫复何求！

然而将来我会知道，我虽然那时自认为所求不多，但我与强子这次看似仓促的碰面，却是我生命中最完美的安排之一。

当我对夏琼提起强子时，我说：“强子是一位可以在雪山上托付性命的兄弟。”但在很多年里，夏琼实在见过太多我不靠谱的“朋友”，于是对我口中“托付性命”的评价持怀疑态度。然而，当她见过强子之后，夏琼同样也说：“这个人一看就很靠谱，的确值得性命相托。”

攀登慕士塔格峰，我需要两个向导，一个是夏尔巴人，一个是强子，于是，费用也是别人的两倍，这笔费用对我来说是不小的负担。强子得知我的困难，为了支持我实现愿望，向我介绍了某品牌的陈震。陈震团队也不确信我最后能不能登顶成功，但仍然愿意在这个过程中支持我，给我提供了睡袋等攀登的装备和资金。

在他们的支持下，我即将前往慕士塔格峰，开启攀登珠峰之前最重要的一次登山。它的重要性还在于，这将是我和强子的第一次正式配合。

二　追寻云与冰

资金基本筹备完毕，但我还需要去寻找一些力量。这力量是信心，是胆气，也像武侠小说里发自丹田的内力。我不能在胸腹依旧空空荡荡之时，就前往那座海拔 7000 多米的高山。

于是，2019 年 6 月 15 日，我独自一人，从拉萨出发，身背宽大的登山包，背着攀登慕士塔格峰所需要的所有装备，一连坐了 36 小时的火车，抵达重庆，去拜访一位我心目中的英雄。

这一路我虔诚热烈，就像是去见一位无比崇敬的偶像。我希望能从他那里得到一份真切的勇气、一种踏实的勉励、一股独特的力量。

英雄名叫杜富国，是一位年轻帅气的军人。2018 年 10 月，在一次扫雷任务中，杜富国为保护遭遇爆炸的战友，而失去了双手和双眼。当我去拜访他的时候，他已先后获得“感动中国 2018 年度人物”“全国自强模范”“时代楷模”等荣誉称号。在新闻里，我无数次听到他的名字，并为他的事迹落泪。2019 年，在要出发前往慕士塔格峰的时候，我听说他正在重庆西南医院做康复治疗。

6 月艳阳高照，我拿着盲杖，一边挥汗如雨，一边不停询问路人，想要尽快找到医院的康复科。在沙坪坝高低起伏的地势中，我在上坡下坡间走了很久，终于到达医院康复中心的前台。我鼓起勇气对前台说我想找杜富国，然后就在等候区静静等待。

令我开心的是，英雄杜富国在家属陪同下，出来见我了。我向他做自我介绍，表达我对他的尊重、敬仰。他得知我经常一个人去不同的城市，内心充满好奇，他问我在路上害不害怕撞到东西、会不会迷路。我回答说："外面的无障碍设施已经越来越完善，友善帮忙的人也越来越多。我每次问路，他们都会很详细、很耐心地告诉我。"我作为一个过来人分享的这些行走经验，似乎能鼓励到他，他当即表示，以后会多出去走动，多尝试，也会继续努力训练、好好康复，继续做自己能做的事。令我没想到的是，英雄也是普通人，他也会面临像我一样的烦恼，他问我，怎么熟练地使用读屏手机，在路上，手机被偷了怎么办。失明后，他也有过害怕和担忧。

后来在病房里，我帮他做推拿，告诉他一些调理肩颈的方法。他说："你也很厉害，要去爬慕士塔格峰！"我说："我还要去登珠峰。"每每想起当时的情景，我都非常激动——实际上，即使当时没能见到他，光是独自上路去寻找自己心目中的英雄这件事、这个过程，就已经足够让我激动万分了。

辞别英雄杜富国，我离开重庆，到成都，在岳父家暂住，然后坐动车到西安的咸阳机场。我将再从那里启程，飞去新疆。

在喀什，我有幸遇到一队摩托车骑手。他们伴随哈雷轰响，结伴环游半个世界。我以前觉得这种翻山越岭一路无尽的环球探险，只在电视里面才能"看"到，却不料此刻竟在生活中真实相遇，同时我也更加确信，自己是在触摸一个更为广大的世界。在他们的帮助下，我抚摸摩托车，就像是在抚摸一头大象。摩托车轮胎宽厚超出我的想象，毕竟我脑中关于这种交通工具的记忆，还停留在排量为 125 毫升的年代。

他们问我要不要上去坐一下，我答应了。我坐在后座上，摩托车发出轰鸣，耳旁风声呼啸而过，在速度与激情中，似有一种我从未有过的自由体验。接下来，我还有幸“目送”他们出发。十几辆摩托车，一辆连着一辆前往下一座城市，引擎声如狂风作响，此情此景仿若壮士出征。由他们的出发，我想到了自己的出发，对照之下，我内心顿感充盈。

慕士塔格峰地处南疆，塔里木盆地西部边缘，是昆仑山脉的一部分，被称为“冰川之父”。它屹立在美丽的帕米尔高原之上。我无法看见它，但还是会想，从前在武侠小说里看到的昆仑山光明顶，难不成就是这座高山？

去慕士塔格峰之前，我还和队友们一起去了水果店，去了喀什当地的古城。古城的巷子曲折深幽。我在那里听到与重庆、成都全然不同的声音，头顶的白云慢而坚定，奔向遥远的山峰，化为雪线。

山友会齐。我们一起乘车从喀什出发，经过一天一夜到达边境附近中巴公路的一段，而后整理装备，吃午餐，在整体还算平坦的地形中结伴行进，徒步抵达慕士塔格峰的大本营。为避免高原反应，我们走得并不快。沿途虽有戈壁，但雪山在前，并不曾觉得荒凉或是炎热。

在大本营那里，我第一次接触到了夏尔巴人。对于夏尔巴人，我有一些初步的了解。我知道他们住在高海拔的山上，喜欢吃玉米，每天都能看见白雪。“夏尔巴”的意思是“来自东方的人”，也被称为“喜马拉雅山上的挑夫”，绝大多数攀登珠峰的登山者，都需要聘请他们共同协作。为了保证各国的登山者能顺利登顶，夏尔巴人每年都要预先搭建“登山之路”，将安全绳从大本营一直铺设到峰顶。攀登珠峰，或是其他雪山，在夏尔巴人眼中不是挑战，而是工作。

我在朋友的协助下查阅很多资料，之后了解到，不断刷新登顶珠峰纪录的，并不是探险家，而是夏尔巴人。从珠峰大本营到达峰顶，登顶速度最快的夏尔巴人，用时 8 小时 10 分钟。

而一个专业的登山者，同样的线路，则需要三到四天。

登顶珠峰次数最多的也是夏尔巴人，52 岁，26 次。

一个令人心痛的数据是，攀登珠峰遇难人数最多的，也是夏尔巴人。

夏尔巴人常年生活在高海拔地区，他们血液中血红蛋白的浓度高，血压低，在低氧环境下，大脑仍能有比我们更为充足的供血。他们的心肺功能也很强大，甚至有人称他们有“三片肺叶”。如今，夏尔巴人主要散居在喜马拉雅山的两侧，大部分生活在尼泊尔，少数散居于我国、印度和不丹。

这次接触到他们，我很兴奋。我相信在不远的未来，我会和他们缔结更多的缘分。

慕士塔格峰的大本营，海拔 4000 多米，尚无雪线，我来到自己帐篷是在下午。在帐篷外，门口的位置，我摸到刻印着“张洪”两个字的名牌，心想：还挺讲究的。

在强子带领下，我周转于“休息帐”“餐厅帐”，喝茶、认识更多一起登山的朋友。要回到自己帐篷休息的时候，强子对我说：“任何时间都可以喊我。”但我不好意思，毕竟这是我俩第一次真正共事。不好意思的代价是，很多麻烦需要我自己硬着头皮承担——最主要的麻烦是上厕所。

因为需要晨练，我每天醒得都很早，醒来就需要去厕所。但厕所离我的帐篷还有段距离，凭我自己摸索过去，几乎是不可能的。我不想出声音唤醒身边的人，亦不忍心把强子叫起。我只能闭目强忍，直到听到旁边有起床的响动，才赶紧循声去找这位同样习惯早起的同好，鼓足勇气小声跟他说："哥们儿，帮帮忙，带我去厕所。"

白天的时候，我也会有找不到自己帐篷的尴尬。有一次，我拉开帐篷门口的拉链，刚要踏进去，就听见里面传来女士的声音。我立刻知道自己找错帐篷了。后来我注意到我帐篷外有两块石头，往后的几天里，这两块石头就成为我寻找自己住所的明显坐标。

慕士塔格峰大本营算是我和强子正式"磨合"的起点。他登山和带人登山的经验都极其丰富，但带一位盲人登山，这还是第一次。我们在共同完成一件对彼此而言都颇有挑战的事。没有经验，就会有一些预料不及的突发状况；而我也还没有完全适应强子的一丝不苟。

大本营简单磨合之后，我们迎来正式攀登慕士塔格峰之前的拉练。

慕士塔格峰的拉练并非沿海拔向上，而是需要横向行进。我们要一起经过冰河，再走很长一段路程。路程中有乱石坡，乱石坡上长满炮弹石。这些炮弹石触摸起来给人一种敦实厚重的感觉，但实际上，它们却是好动不好静的，一遇到风就会漫山翻滚。

在这样的乱石地形中，我每走一步都很艰难。我用力拽住强子的胳膊，脚下也加倍小心。炮弹石表面平滑，一旦落脚位置不对，鞋子就会陷入石头和石头的间隙里，被卡住，甚至还会崴脚。

而且我也能想到，假如我被这些石头绊倒的话，也一定会拖累强子摔倒受伤。在当天的拉练中，也的确有两位队友崴了脚。

穿过由炮弹石组成的乱石坡，我们花了一小时，而后到达冰塔林。"冰塔林"顾名思义，就是很多座状如塔林的冰柱——不久以后我在珠峰的冰川，还会再次遇到它们。

拉练的当下，我听队友描述了冰塔林景观，我想象到它们更具体的样子：从地面生长出来，如同拥有智力的冰雪精灵，一齐将头伸向天空。我用手去摸，既能摸到粗糙，也能摸到光滑；有些地方软软的，有些地方则很冷硬，我觉得有意思极了。我之前好几次登山，都从来没有遇到过它们。

到了冰塔林以后需要折返。仍然要走过那片处处都是陷阱的炮弹石盘踞之地。我着急穿过，步伐加快，“重心”“惯性”这些要素被抛诸脑后，在队伍中显得有些鲁莽。强子见状，就一再叮嘱我，要我“慢一点”“再慢一点”。我控制不住自己的心态，也就控制不住自己的步伐。当时在强子眼中，我就像是一个单纯追求速度而不顾规则的短跑运动员，违和地奔行在马拉松长跑赛道上。

回到大本营，强子复盘我今天的表现，他说：“张洪这哥们儿劲头挺足，但对节奏、规律方面掌握得不太好，所以在后边的拉练和登山中，一定切记要一步一步来。”我点头答应。我觉得自己像一个空有内力，却不懂招式的侠客。好在在强子的帮助下，我终于完成首次拉练，没有中途退场，也没有受伤。

最重要的是，通过首次拉练，其他的很多队友也都开始觉得“张洪是可以的”。我看不见，但我能体会大家的心情，我们同属户外冒险者，初次见面互相尚不熟悉，如果对彼此的能力有确信，更能增强团队协作能力。

吃饭和休息的时候，我给身边疲惫的队友按摩。离开了按摩床，在天高海阔的雪山，为队友按摩，这和在一个狭窄房间、方寸之间游走的感觉截然不同。按摩不再让我感到自卑，它不再是维持生计的手段，而是能在这高山之上切切实实帮助队友的方式，我看到了自己的独特之处，也获得了队友的认可。此时我所展示的我，不仅能登山，还能帮别人解决问题，于是，我和队友们的距离继续拉近，我成为团队里真正有价值的一员。高海拔的按摩对我来说，其实很辛苦。我本身也像他们一样疲惫，但我需要强打精神，避免疲惫的一面被别人看到。我的敏感和高自尊，在山上也不例外，我不愿意自己呈现出弱的一面，于是大家更加觉得，张洪体能过硬，一定能适应攀登雪山的严酷与艰辛。

这一天的拉练，总体来说，不仅是我和强子的磨合，也算是我和一起攀登慕士塔格峰的所有队友的磨合。

磨合得很成功。强子对我赞许有加，认为生活几乎完全可以自理、能把自己照顾得很好的我，独立性甚至超过他认识的很多常人。

三　超越雪线

之后又经过一次拉练，到 6 月底，我们整装开始正式攀登。当时我们已经离开大本营到达二号营地，海拔 6200 米。这里有很深很厚的雪，咯咯吱吱，漫过脚踝。我们出发的时间是早晨，后勤人员鼓掌相送，气氛热烈，但也有伤感的事情发生。

队友里有一个来自深圳的小伙子，因为高原反应太严重，不得不放弃登顶。他是一位专业的马拉松长跑运动员，我还给他做过按摩，他离开的时候我有点难过。

还有一位很豪爽的大哥，早上出发前，他在开午餐肉的时候不小心被罐头铁皮割破了手。当时他的手血流不止，不能再在高海拔区域多做停留。他对我们和这座山都依依不舍，更多的还有不甘。我记得他还带着好酒，本打算成功登顶之后和大家一起庆功。他走之前把这些都分给了大家，我们也替他感到惋惜。

出发的时候，强子走在前面，叮嘱我要紧跟他的步伐。慕士塔格峰一路积雪，我们需要全程穿踏雪板，这种装备我在登卓木拉日康峰的时候已经领教过。穿着它们，势必要减慢速度，而且要用“外八字”的方式走路。一旦姿势有偏差，两只脚，或者说两只踏雪板就会打架。

夹着雪粒的风不断袭来，使我身体无法平衡。我步伐痛苦，时而想停下休息。强子告诉我："你真的不能走走停停，不然的话，能量消耗会特别快。"

强子和我之间的连接是一根登山杖，作为临时的"牵引杖"。"牵引杖"长度一米五——这是两个人之间需要保持的最远距离。我右手用力握住"牵引杖"的一端，左手拄着自己真正的登山杖。强子牵着我，靠上抬、下压、左右摆动"牵引杖"的方式，给我动作提示，这一幕让我想起牵着父亲和叔叔走在田埂上的童年，只是我从牵引者，换位成了被牵引的人，时过境迁，境随心转，不变的是，向上攀登。

慕士塔格峰积雪飞溅，"牵引杖"像冰一样湿滑。我右手需要用尽全力，并且时刻保持紧张才能握住它。而我没有意识到的是，因为低温和长久过度用力，手套里右手的血液循环似乎已经出现了问题。

登顶时间是上午 9 点，峰顶地势整体平缓。强子向我描述慕士塔格峰顶峰的样子，哪边是悬崖、哪边是雪坡、哪边是人群。他还提醒我旁边有好几个人在为我拍照。他告诉我拍照时应该面向哪里。我一直问强子："是登顶了吗？是真的登顶了吗？"一路攀登，我经常能听到雪花落在身上的声音；此刻头上却似乎又有阳光，照暖我覆盖冰霜的脸。有其他登顶的山友对着脚下的白云呼喊，我羡慕他们能看到白云翻滚，毕竟雪和阳光我能够触摸得到，但对峰顶的云却够不着。

成功登顶之后，强子带我下撤。下撤的过程很顺利，我们一直向下，很快到达二号营地。

躺了半小时，强子开始催促我们继续下撤，直接返回海拔 4400 米处的大本营。我极度疲惫，夏尔巴人也是。原计划我们可以在这儿休息一夜，面对突然下撤的要求，我有些情绪，有点不情愿。而强子想的是，早点下撤，早点安全。这是第一次，我体会到了强子对安全的高要求。

我也深知，在山上多待一刻，就多一分风险，强子其实也想练一下我的体能。第一次和盲人一起登山，他这一路比我更辛苦。因为他抓着“牵引杖”走在前面，要随时转身看我有没有跟上，或者遇到什么状况，这会耗去他太多的精力。并且，他的腰因为需要持续转动，所以到现在已经快要直不起来。

我在无奈中动身，当天晚上 8 点，抵达大本营，其他的队友还没有回来。我开心极了，戴着手套和留守在这里的人们一起鼓掌。

强子领我进餐厅帐，我们一起吃西瓜。我摘下手套，两手僵硬麻木，然后就听见有人惊呼。他们说我的手全是黑色的。我右手中指最用力，发黑的程度尤其严重。

我的手依旧麻木，因而也觉得无所谓。用温水泡了几下手指之后，我开始吃西瓜。此时强子他们正在商量，想要赶紧把我送到医院。

他们焦急询问身边的人们，今晚营地有没有车回喀什。在听到这样紧张询问的时候，完全看不到且想象不出自己右手发黑程度的我，依旧心无波澜。

半夜，我被送进医院。我的手指获得初步治疗。

这次攀登慕士塔格峰，除了和强子有了真正意义上的首度合作外，我还认识了另一位非常重要的朋友——摄影师丁丁，他也是后来我登珠峰的伙伴之一。登山过程中，他带着拍摄设备一路跟随。在登顶那一刻，他亲自拍下了我的满脸喜悦和豪言壮语：“现在我站在海拔 7546 米的慕士塔格峰峰顶，挑战慕士塔格峰成功，下一个目标，挑战珠穆朗玛峰！”

丁丁和我一样都属兔，比我小 12 岁。他话很少，但很敬业，干事踏实，有求必应。我们住一个帐篷，但他每天很晚才回帐篷睡觉，因为他需要及时整理当天的拍摄素材。

丁丁热爱高山，曾拍过很多部高海拔雪山攀登的纪录片，2018 年，他还参与拍摄了夏伯渝老师登顶珠峰的纪录电影。他常说“热爱高山的人才能受得了在高山上的苦”。当他站在高山，视线、镜头就会迅速从高山本身转移到高山上的人、高山上的事。为了保障拍摄顺利，除了自己的必要物资，他还要背很多摄影器材，航拍机器，电池，镜头，充电宝等。如果说常人登山只需要考虑登山所消耗的体能，他每天还要考虑拍摄消耗的体能，在两者中，寻求到最大的平衡。

丁丁此后成为参与我日常生活最多的伙伴之一。他和摄影机一起，默默观察、记录我的举动，让我在放松的状态下展现真实的自己。他如影随形，却又经常让我感觉不到他的存在。在后来日常的跟拍中，他和我们夫妻朝夕相处。夏琼很敬佩他：“丁丁是个非常有主见的摄影师，能掌控整个局面，虽然不说话，但似乎所有的事，都在他预料之中，你要说什么，他也全都知道，是一个非常好的倾听者”。

从喀什回到拉萨，我去见了洛则和泽龙，分别告诉他们我登上慕士塔格峰的消息。

洛则老师说：“张洪先生体能是没问题的，只是在技术上还需要一些协助。”他和我见面是在一个藏餐馆子里，在那里他又给我讲了很多掌控步伐节奏的要领。

见泽龙的时候，他的话语直截了当：“我从不怀疑你能上去！”

登顶慕士塔格峰之后不久，我拿到了国家体育总局颁发的国家一级运动员证书。我现在的身份是一名运动员了，和那些我以前喜欢过的足球运动员一样！我信心大增，经常打电话给强子，讨论攀登珠峰的可能性。强子严肃起来，说："张洪，我不怀疑你的意志和决心，但登珠峰真不像你想象的那么容易。不要以为能登顶六七千米的雪山就可以去珠峰了，它们完全不一样。你得想想你该如何通过随时都可能会崩塌的昆布冰川；你没学过攀冰，怎么爬上那么多垂直的冰壁；还有每年都有人遇难的希拉里台阶，你怎么才能上得去……"

我一边认真听他的硬核发言，一边仍旧对这次成功登上雪山喜悦不已。

但这次成功的登山，还是给我留下了后遗症，那就是我的手指。

我从慕士塔格峰回到成都的时候，右手中指开始剧痛，双手的动作也因僵硬而受限。我心里隐隐有了不好的预感。

慢慢地，右手中指靠近指尖的部分越来越坚硬，摸起来就像是盔甲一样的硬壳，轻轻敲击则觉得它质如金属。我自己没事儿的时候就按摩这根手指，好保持它的灵活度。

医生看后认为很严重，他们给出的专业意见是让我截肢，就是把中指切掉。我当然心存侥幸，没有照做。

不久，我结束四处飘荡，回到拉萨居住，我感觉拉萨的冬天好冷。后来我想，也许正是我辗转各地经历的气温急剧变化，导致我那根被严重冻伤的手指受到了感染。

感染初期，手指指尖起了一个很大的水疱，并且越发疼，膨胀到要撑破的那种疼。一天晚上睡觉的时候，水疱终于被撑破，里面的血和脓涌出，弄脏了夏琼经常换洗的干净被褥。夏琼送我去医院包扎。医生看过伤势后，直接把我推进了手术室，还给我打了麻药。

等我醒来，右手中指已经少了一节。指头少了一节之后，直到现在，我两手仍然不够灵活，好在终于没有那么疼了。

夏琼因为我的这根手指，对我未来登山的事更加担心，她说：“太危险了，要不就认命吧，别再去爬山了，你都已经这个样子了。”我说：“既然已经这样子了，那为啥不接着爬。”

我当时可能是把这一节手指当成了攀登珠峰整件事的沉没成本。另外，我早就听说，要去登山、登珠峰，本身就很容易遭遇冻伤。更何况，我是盲人登山者，本就和绝大多数登山者不一样——这也就意味着，我比别人更容易遇到受伤这种事。

我能做的，只有让自己更加勇敢和小心，同时尽量让夏琼对我登珠峰的事少些担心。

四 相逢皆善意

筹集资金始终是迈不过去的坎。

2019年下半年，从慕士塔格峰回来后，我依然奔走在全国各地。

我想了一个自以为卓有创意的企划，去找国足队员帮我签名，然后我带着他们签名的横幅去筹款。我很喜欢足球，失明之前报纸上关于足球的新闻我每期必看，对国足赛事和队员仍然很熟悉。

我是行动派，既然产生这么好的想法，就会想办法去做。我得知国足正在广州集训，他们要参加世界杯预选赛亚洲区40强赛。当时已在成都的我就马上去了广州。

国足队员正在加紧训练，准备迎战关岛。我做了一个很长的条幅，上面写了“二〇二二卡塔尔世界杯中国队必进”15个大字。我带着条幅在国足集训场馆外面打听，恰好遇到了一位热心的体育记者。交谈几句，这位体育记者决定试着帮我。

他进入场馆找到当时的一位国足新闻官。这位国足新闻官见到我，答应了请队员为我签名的事。后来训练完，队员们真的过来签名，有杨旭、艾克森，还有当时的5号队员张琳芃。我开心极了，觉得自己心中所想的事再次获得实现。

但我最终还是没好意思跟他们提自己登山筹钱的事……

这位国足新闻官还加了我微信，赠予我两张票，让我第二天过来看球。那一天是2019年10月9日。10月10日，我进入球场看球。说是“看”球，其实是“听”球。赛场在前面、在远处，对赛场的变化，我无法听得清晰，但我能从周围观众的反应中捕捉战况。光是身旁大片座席中绽放的那些浓烈气氛，就足够令我不虚此行。那天的比赛结果是中国队以7比0的大比分战胜关岛队。全场欢呼，我也跟着欢呼。

这是那年我在拜访英雄杜富国、登顶慕士塔格峰两件事之后，又一件令我觉得精神振奋的大事。

2020年年初，我正式结束并不成功的创业旅程，再度回到拉萨谋生。感谢阜康医院王斌董事长，在这一年再一次接纳了我。

也是在这段时间，我认识了范立欣导演。他打算把我攀登珠峰的事拍成一部纪录电影，在全国乃至全世界影院放映。他俊朗、有活力且极有才华，是中国第一位获得艾美奖纪录片大奖的导演，是一位享有国际声誉的电影人。

我和他在一辆出租车的后座上，讨论这部纪录电影未来的呈现形式。我要成为一部世界级电影的主角啦？我很激动。他对我提到他作为纪录片创作者的拍摄原则，就是“边界清晰”；他诚恳地告诉我，不论我最终是否登顶，我都不必有压力。

他感谢我对于拍摄这部纪录电影的首肯和配合，并再次保证说，拍摄过程不会对我的生活、对我登珠峰这件事产生干扰。他说：“这部电影拍摄过程中，将会尽力捕捉、记录下你攀登生涯中值得珍惜的每个瞬间，并最终呈现出一种很美的样式。”他强调，希望我们能够共同努力，让我和这部电影一起被更多人、被全世界所看到。

我之前曾认识一位爱心人士，是“青光侠”公益项目的发起人陈霆远先生。陈霆远先生本身也是一名因青光眼致盲的患者。他曾经有过不携分文、环游全球的传奇经历。也是在这一年年初的一天，他关切地询问我的近况。我说在坚持爬楼梯，准备攀珠峰。他知道我是一个颇有恒心，一旦开启计划就会认真去筹备、去执行的人；也知道对我来说筹款是大问题。他说：“我帮你。”

后来，我结识了汤皓添汤总。他邀请我参加他们公司组织的团建。时间在九月，是去云南丽江的茶马古道徒步旅行。

下飞机，我就遇见汤总派来接我的人，他们手举着花环和哈达，面带微笑。到酒店，我被领进自己的房间。室友来自河南，我喊他“辉哥”。接下来的四天时间，这位“辉哥”将带着我徒步旅行。

徒步正式开始，辉哥小心翼翼地带着我。他是第一次带盲人走远路。茶马古道地形复杂，草树、土石、崖坡高低错落，行进难度很大。和辉哥一起的还有好几个人，他们体谅辉哥的辛苦，会和辉哥互相替换着带我。大家边走边聊，获悉我要攀登珠峰的想法。他们表示既佩服我的决定，也赞赏我的勇气。

正式徒步第二天，有人腿脚扭伤，再也走不动，只好退出。这年秋天的丽江，雨水特别多。在天降大雨不久，大家的衣服全被打湿，晚上休息的帐篷也全被打湿。就这样人挨人地挤着睡了一晚上，我们在天亮以后继续赶路。往后的路越来越难走，是周围遍布密林和马蜂的羊肠小道，我们还要越过无数的窄沟。

这样的地形中，连四蹄强壮的马儿都会摔跤。可大家都愿意和我一起走，大概是觉得方便照顾我，或者喜欢看我一直劲头很足的样子。

整个四天的徒步活动，除去天气的因素，要数第四天的路途最为艰辛。道路几乎全是陡坡和岩壁。因为连下大雨，坡、壁湿滑，辉哥紧绷着神经，时刻担心我受伤。队长膝盖摔伤，但他一直举着队旗，一瘸一拐地坚持走到终点。

到达终点的一刻，我和辉哥抱在一起哭。这四天我们一共走了 120 多公里，一起克服了很多艰险。

汤总则在酒店为大家庆功、评奖。评奖仪式结束，获奖的队友都不约而同地把奖金捐给了我。我倍感温暖，向大家一一致谢。

距离去珠峰还剩不到一年，资金仍有不少缺口，我开始频繁逼自己开口借钱。

周三子远在阜阳，是我的义弟。他是一个了不起的人，12 岁从洗碗工做起，18 岁就成了五星级酒店的厨师长。他是一个值得结交的人，两年前在一个会场上与我初见面便相逢如故。周三子的喜宴楼开业，邀我去剪彩。晚上和很多人一起聚餐之后，我回到自己住的房间，约他单独喝酒。我平时滴酒不沾，这次喝酒一方面是表达情意与诚意，另一方面也是在给自己的“借钱”壮胆。几杯酒下肚，我的脸开始发烫。我说，“登顶珠穆朗玛峰，我这一辈子可能也就这一次机会，也是最后一次机会，99.99% 的障碍都摆平了，唯一的障碍就是目前。”我没有继续开口，我实在无法说出借钱的事。我停顿了一下，再次给自己打气，我接着说，“洪哥在这个方面就还有一点点的障碍，兄弟如果说……你能不能……”，三子见我有些犹豫，他说，“你说洪哥，你开口说。”这期间，他的电话一直在响，有人催他离开，我们的谈话在电话的催促中，断断续续展开。眼看三子马上要离开了，我豁出去了，“能不能帮我想想办法，就一万美金，七万块钱，洪哥今天就算是求你这个兄弟了。如果这次不成，我不知道余生该如何生活。”说完之后，我如释重负，向别人开口借钱，对我来说，从来就不是一件容易的事。三子说他考虑考虑，我感到有些尴尬。他离开之后，我跑进卫生间开始呕吐。一杯接一杯地喝酒太难受，但为了表达我的诚意，我不得不放下自尊和身体的难受。

当时正逢疫情，三子的生意不好做，他自己能掌控的钱几乎都投入到新开业的酒楼里。不过他后来还是想办法尽力帮了我。剪彩那天聚餐的时候，我认识了华树强华总，转年年初，登珠峰在即，只和我见过一次面的华总得知我缺钱，赞助了一笔资金给我。

从2018年到2020年年初，我从常年飘零到重新定居，两种反差颇大的生活状态之下，所思所虑却是相当专一，就是为登珠峰这件事做快速的筹备。同时，我不得不告别了一些重要的人，也得以与另一些重要的人相识。

离开的人里面有我的父亲。他于2018年11月猝然离世，这件事令我沉痛，亦令我思索很多。这些思索的内容包括我和家人，尤其是与儿子天海的相处。坦诚而言，我和天海之间常会产生矛盾冲突。我已知道，产生矛盾冲突的问题多在于我，因为我本就是一个不善于表达沟通的人，也暂时没有找到更好的方法去和他交流。作为天海的父亲，我为他的成长和未来担忧，在儿子面前甚至会有些扭曲。于是，我开始反省。

反省之中，我仍然希望成为天海的榜样。比如，完成登珠峰这件事。

这时候我会经常想起我的父亲。我小时候并不理解他，甚至会经常抱怨，但的确，当我身边有了天海之后，我开始逐渐改变对父亲的看法。他当初凭一根盲杖行走八方，路途之中所想一定也与我此时一样，就是做好一件事情、一些事情，来改变自己的家庭，改变世人对自己家庭的眼光。他一定经历过比我更多的苦难。

为了天海，我愿意去经历更多的苦难。

然而，在我“自讨苦吃”的这几年里，却无意中得到了更多的暖意。这些暖意来自我很早结识或初相识的人。王斌董事长、强子、陈震、陈霆远、范导、汤总、辉哥、周三子、华树强……

还有其他很多人。他们给予我善意和支持，源源不断。

以至于此时，当我试图在那几年颓唐慌乱的“中年奔走”中寻找关于“苦难”的回忆时，更多想到的，却是无限的慰藉与温暖。

训练与告别 5

一　回到拉萨

在攀登珠峰的密集准备阶段，除了筹钱，对我来说最重要的就是训练。我需要充实自己的体能，也需要增强自己的意志。

要想同时达成这些目标，在海拔 3650 米的拉萨负重爬楼梯，无疑是最有效的一种方式。

而在那一年多的时间里，“爬楼梯”不仅仅是一种达成效果的方式——对我来说，它已经变成一种日常生活的方式。

我为自己准备了 30 多公斤的铅块作为每天攀爬楼梯的同伴，其中分配到两只绑腿里的铅块共有 6 公斤，分配到背上登山包里的则是 25 公斤。铅块之外，我的高山靴也有三四公斤重。

在此之前，我也尝试过“铅块背心”这种训练装备。但是我穿上它以后，每次弯腰之时都无法保持平衡；以及，真正登山的时候，装备等物资其实都是压在后背，重量分布前后均匀的铅块背心，并不贴近真实情况。于是我舍弃了它。

那时我住医院公寓楼的五楼。在一般的工作日，我早上 4 点打好绑腿，背上背包，然后颤颤巍巍摸到电梯，下行到二楼。

二楼是我爬楼训练的起点，终点是顶楼的十一楼。我一步一步往上爬，戴着阻氧面罩，像个太空人，但我所登陆星球的重力一定远大于我们的地球，因为我现在不是失重，而是双腿灌满铅之后的超重。

电梯最高只能连接到十楼。我到十一楼后，需要步行下去一层，到十楼乘电梯到二楼，再一步步走上来，如此往复。

天亮以后，我会在电梯里遇到很多熟人。最开始时，他们会说："张老师又在爬楼梯啦。"也许在他们看来，我就是一个徒劳无功的西西弗斯，重复做着毫无希望、没有尽头的事。

他们中有人还会在夏琼面前评价我每天爬楼梯的事："张洪是不是疯了？"这种尴尬情形下，夏琼也只能敷衍回应："我也管不了，他喜欢做什么就做什么。"对于我爬楼和登珠峰，她心里有迟疑；外部的嘲讽质疑，她一定也很委屈。

这样训练一段时间后，我开始想办法加大力度。方法依旧是"负重爬楼梯"，但持续时间拉长到了连续 24 小时。

这种高强度的训练一般是每隔十天就要来一次，过程是这样的：晚上 6 点钟下班到家，8 点钟整装出发，然后除了吃东西喝水上厕所之外，不间断地上上下下，直到 24 小时之后的次日晚 8 点钟结束。

这样的负重爬楼训练，是对我精神意志的巨大磨炼。

凌晨四五点钟，人们都在梦中酣睡，而我在孤单地爬楼梯。周围一片寂静，身心疲惫不堪，4 公斤重的高山靴发出"哐哐"的声音，我想让声音小一些，不影响邻居，但声音小，又意味着脚下踩不稳。我的内心在斗争，这个声音仿佛在向我提问，爬楼梯到底有没有用，每天爬，孤单地爬，重复地爬，真的能帮我实现攀登珠峰的梦想吗？在重复的向上中，放弃的声音也会时不时地来侵扰，我到底该怎么选择？继续坚持，看不到什么希望，如果就此放弃，那我这一辈子再也没有机会了，过去多年的挣扎也付诸东流，曾被质疑的“珠峰之行”就成了真正的笑话，我岂不是又辜负了自己的初心？我只能孤注一掷，背水一战，咬着牙含着泪坚持下来。

漫长的 24 小时中，耐力和体力一点点丧失，随之失去的还有思考、想象和反应能力。这对眼前本就没有具象的盲人来说，是从体力到心性的全方面考验。我的方法是数楼梯的台阶。

其实我以前训练强度没有这么大的时候，也是要数台阶的。这样我就能确认台阶是否已到尽头。然而现在，数台阶这件事变得更加重要——机械有序的数字飘散在我脑海里，填充了高强度磨炼下、思维退潮之后我脑中的一片迷乱或空白。变化的数字让我相信，我虽处于黑暗，但我仍然是一个真实活着的人。

也有数错的时候。付出的代价就是我会跌倒或者撞到栏杆，若不够幸运就会受伤。

比如，在一个早晨，我从十一楼下到十楼，脑中迷乱庞杂又犯困，于是数错台阶，踩空，身体向前栽倒，头撞到十楼的消防门，流出血来。那天我的手机插在 25 公斤重的登山包里，仓促间无法摸到。我动弹不得，疼痛和重量让我一时间无法自行起身。好在疼痛也让我浑浑噩噩的脑壳彻底清醒。我费了好大劲掏出手机，立刻给夏琼打电话。然后我自己尝试着先撑起身体，跪坐，再一点点爬起来。夏琼在这个时候赶到，扶我站起，给我擦头上的血，她内心很复杂，带着责备、心疼的语气大声吼道：“你这是在自虐，还是别去爬山了！还爬什么爬！”我也不服气，赌气地吼回去：“我一定要去，非去不可！”

虽然我吼得很大声，但我内心其实是脆弱、担心和害怕的。

吼完之后，我们又抱在一起哭。分不清是彼此的泪水、脸上的汗水还是伤口流出的血水。

伤口在我头上盘踞了好几天。熟人问起来，我就说：“是我不小心碰的。”

同住一座楼的熟人们对我的感观正在起变化。从前认为我“疯了”的人们看我这样每天爬上爬下，也开始觉得“张洪爬珠峰那事儿能成”。

但我心里清楚，即使是这样 24 小时不间断地高强度负重爬楼训练，仍然无法还原在高海拔极端环境下的处境和心境。在珠峰，每分每秒都有可能受伤乃至失去性命，那样的紧迫感和压迫感，和我爬楼梯的气氛、感受，完全不在一个量级。

这样每天三四小时的日常爬楼，每隔十天的 24 小时高强度爬楼，我一直坚持到和强子去成都训练为止。

那些不离不弃陪我爬楼的铅块，我前前后后买了得有上百公斤。快递员送来时，都会疑惑怎么会有人往家里买这么重的东西。搬家的时候，这是一个巨大的工程。我不在家期间，公司统一换宿舍，夏琼搬了两次家，这些铅块害苦了她。她没有丢弃那些铅块、哑铃，而是很小心地保护它们，就像蚂蚁搬家一样，慢慢地一趟一趟，把它们背到新的家里。虽然我不在家，她对我的东西也呵护备至，她的支持不仅体现在我身上，也体现在我用过的训练装备上，这些东西代替我陪伴着她。

2020 年，我在拉萨的日常训练场所，除了公寓的楼梯，还有健身房。我一般是下班以后坐公交车过去，锻炼结束，夏琼骑电动车接我回家。我独自在健身房的时候，会经常找不到器械。在这样迷茫摸索的过程中，我不愿意被人发现自己其实是迷路。就假装打电话：“喂喂喂，啊，可以，好好……”

现在想起来，原来我直到那个时候，依然很在意别人对我的看法。

后来夏琼每次陪我去健身房，都会很仔细地把每个器械之间的距离讲给我听，好尽量让我避免“找不到器械”的尴尬。每次骑动感单车，她也会亲自给我穿上鞋套。

在健身房骑动感单车，我习惯全程面带礼貌性的笑容。有一次，教练走到我面前，看我在“朝他笑”，就马上微笑回应。但我的笑容却依旧保持不动，毫无变化。他才意识到我是个“目中无人”的盲人。

我骑动感单车的时候，也会经常出现大家都已停下，但我看不到指令，仍旧独自继续蹬车，于是引来全场一致注视的情况。但大家知道我是盲人之后，往往会不吝惜自己的夸赞，向我表达敬佩。

在拉萨的日常训练期间，我也得到过很多专业人士的指导帮助，这里面包括我的向导强子，还有一位专业的运动体能康复师，名叫相福通。

2020 年夏天，相先生到拉萨参加一场大型康复医学会议。我所在的阜康医院康复科刘主任认识他，向他介绍了我的事：一位已经失明 20 多年的盲人，正在准备去登珠峰。刘主任希望他能帮我做一些体能和防护方面的指导。

在一天中午，他与刘主任一起和我相见。言谈之后，相先生对我印象很好，尤其认可我的精神状态，便和我约定了时间，和我一起做体能方面的训练。

大约半年后，他再次来到拉萨。他说：“你马上就要出发了，时间已经很紧迫，我们需要一起集中训练一段时间。”

我跟着他到健身房做高强度、快节奏的集中训练，加量加时，每一项训练都是严格按照他研究成果中的数据来。

后来我去登珠峰之前，相先生还专门送了我一个练习腹式呼吸的小型运动器材、一些放松肌肉的绷带——我每天都会用到它们。

二　成都集训

2021年年初，我去成都和强子一起进行更系统的训练。这些年，以“珠峰”为纽带，我跟强子之间的信任与合作趋于稳固。

而在几个月前，2020 年 10 月 15 日，国际盲人节，我、夏琼和强子正式签约，确定了由强子来做向导，带我一起攀登珠峰。签约的时候，我们三个都十分郑重。强子向我诵读风险告知、服务内容和权利义务，一板一眼，翔实庄严。但我现在想起来自觉印象最深的还是当时灌入我耳中的钱款数额，以及我们需要在翌年 4 月之前到达尼泊尔。

我到尼泊尔之后的登山事宜主要由一家当地的公司负责。这家公司名字叫作 ASIAN TREKKING(亚洲探险)，是尼泊尔最大的登山公司之一。公司总经理达瓦·史蒂文在强子的努力沟通之下，为我减去了折合人民币数万元的费用。达瓦的父亲和洛则老师认识。听强子说，那位著名的美国盲人登山者艾瑞克，当初也是由达瓦的父亲作为向导带着登上珠峰的。

到成都之前，强子还和我详细讨论过即将进行的系统训练的内容。他问我在拉萨锻炼得如何？我回答说：“主要在室内，负重爬楼、负重仰卧起坐、单车、跳绳……这边太冷了，把绳子都冻断了。”电话那边的他很惊讶：“冻断了？”

他问我之前有没有接触过攀岩、攀冰。我说："没有。"他向我描述"冰壁"的样子："像大理石玻璃。你穿着冰爪站到上面之后，会非常滑。你的眼睛看不到，更需要用到你的触感，所以我觉得攀冰一定要非常频繁地去练，练出在冰壁上的感觉、技能。这些感觉、技能必须是属于你自己的"。他进一步强调："比如说，你的体能是 100%，正常的话，攀冰可能造成 50% 的消耗，但是由于你看不到，它可能会消耗你 80% 的体能甚至更高，所以我觉得攀冰技能，在你接下来的训练、在攀登珠峰的时候全都非常关键。"

电话里，我们还提到这次去成都训练的另一个目的，就是磨合出更多的信任。

2021 年 1 月 20 日至 1 月 26 日是训练的第一阶段，地点主要是在成都的一座攀岩馆里。强子根据我的实际情况，对训练课程做了重新设计，以方便我能够快速学习技能并建立自己的认知体系。这一阶段的课程主要包括：穿戴调试装备、上升、下降、转换、跳跃、不同地形的通过、攀岩、攀冰、通过障碍、过梯子、高山病预防、自我保护等。

这其间，强子请到 2019 年登顶珠峰的山友王哥，跟我面对面分享他攀登珠峰的经验，给了我很多实用的建议。

强子还陪我去看了一场无障碍电影，电影主角是飞天入海的哪吒，这是强子第一次"听电影"。他尝试闭上眼睛"观看"。我知道他想通过做这件事来体验、代入我的感受。但无障碍电影的解说加原声，对他来说终究"很局限"。

哪吒是神话人物，以他为主角的神话电影必定景象雄奇、绚丽多彩。人的想象终究无法补足此类画面。看到一半的时候，强子还是睁开了眼睛。

那天下午，他带我去了人民公园的茶馆。天气很好，虽是冬天，但阳光暖暖融融。曾经一起攀登慕士塔格峰的山友老蒋也专门来看我，和我聊天。

此后，强子和我继续出发，前往四姑娘山。

四姑娘山位于川西，海拔 6250 米。在四姑娘山，他尝试带着我通过声音来辨别方向。一开始的时候是强子拿着铃铛在前面跑，我在后面跟。然而我们很快发现，一旦大风起，铃声就会被完全吞没。所以我还是得靠语言，靠喊来沟通。回到客栈，强子的嗓音变得沙哑无力，他很累。

在四姑娘山拉练的时候，强子发现我很多时候不够专注。他判断的依据是我走路是否平衡。我只要足够专注，那么我就能走得非常踏实；但一旦分神，我就会失去平衡，略略显出跌跌撞撞的迹象。强子发现我不专注时，就会立刻提醒我。他会严肃地告诉我，登山过程中我的不专注会拉高风险，不管是对我，还是对整个团队。

四姑娘山上的我时常不能专注，因为我那时候在为筹款、借钱的事焦虑。登山费中，中国向导和夏尔巴向导的费用，高达数十万元。我需要最晚 3 月把足额的钱打给尼泊尔那边的公司。现在，我还有十来万元的资金缺口。我盘算着可以找谁借点钱，比如，我在医院的同事兼好朋友小泥，一直对我登山比较支持的叔叔。我答应这笔钱会很快还给他们。

还有一件事，我担心自己受伤。一旦受伤，就表示我今年势必又将与珠峰无缘。所以，我心里的弦绷得很紧。我还记得强子当时评价我："你太敏感，牵一发而动全身地敏感，敏感到没有办法可以很专注地做这件事情"。

他希望我快点改正，专注训练，训练到形成真正的能力和习惯。

他告诉我，不能把筹钱放到第一位，就算是我有钱去登，但若没有登上去的能力，也得半途下来，排在第一位的永远是安全，而训练则是保障安全的最好方式。

他说："你还是要靠自己去走，走每一步路。我们来协助你的事项，只是当你的眼睛、保障你的安全。你不能指望氧气。氧气只能解决高原反应、高海拔缺氧的问题，并不能解决你体能消耗的问题。在珠穆朗玛峰上，不管是攀登还是下撤，你一旦体力消耗光，想睡一会儿的话，就可能永远都起不来了。所以，你需要训练到非常强壮才可以。"

我努力照他说的办。但对于"受伤"的畏惧始终纾解不掉。这导致后来到真正攀登珠峰的时刻，我和强子之间发生了一些矛盾冲突。

此外还有理论课。强子告诉我什么是"不好的探险行为"：拖延时间、爱抱怨、丢三落四、攀比、不听指挥、自以为什么都懂、自私、一直在问。他向我讲述珠峰探险的历史，还向我强调户外运动妨害安全的几类大问题：技术薄弱、盲目冲动、计划不充分、低估风险、心存侥幸、装备缺乏。他对我强调说，"你再辛苦也要坚持一下，因为大家都投入了时间、精力、金钱。在这里面，你一定要有一些收获。你也不要有太大的心理压力，技能、意识都是一点点进步、一天天成长的"，以及"安全永远是攀登的第一原则"。

在这段密集训练的日子里，每天晚上，我还有另外一个任务，那就是去整夜整夜地练习使用上升器。

上升器是登山者攀登岩壁时的一种重要装备，和安全带、主绳配合使用。它很小，使用的时候，每经过 8 到 10 米的距离，我就要重复一遍找锁扣、开锁门、取下、挂上、上锁、锁紧的操作。

作为盲人的我无法通过肉眼找到锁扣的位置点、无法用肉眼确定它是否已被严丝合缝地锁紧。并且，在戴上手套之后，我也无法通过用手触摸的方式来解决此问题。况且，我动过手术的手到现在都还不够灵活。

诚然，夏尔巴向导有时能够帮我完成这类操作，但在珠峰狂风肆虐、冰壁陡立的极端环境下，我必须做好身旁一时无人照应的所有准备。我要学会独立操作所有装备。这关乎我的性命。

我得想办法超越五感，练出肌肉记忆。

我的方法就是利用晚上时间成百上千次地重复操作上升器，从吃罢晚饭开始，到早饭为止。我把睡眠时间完全放弃。

操作上升器的声响很大，尤其是夜深人静的时候。为防吵到别人，我就躲到卫生间里跟这块冷硬的金属较劲。

先是赤手、听音，确保实际操作中的位置、关卡、力道、吻合度全都准确无误；再戴上薄手套，重复流程继续练上一两小时；接下来换更厚一点的抓绒手套、羽绒手套。我要练到用一只手就可以操作这些步骤。

这样艰辛的磨炼早在意料之中。

三　从高山到大海

在四川的系统训练告一段落。我回到西藏拉萨，和在当地的家人、朋友告别。

天海已经被我送到安徽阜阳的一位朋友那里暂住。我想在出发时让彼此少点儿压力。

我记得送他离开之前，和他一起爬过拉萨郊外的小山。我和他一起测出当时所在位置的海拔，是 3820 米。

我对他说："等我回来，跟我一起去爬 5000 米海拔的山吧。"

一路上我不停问他有没有看到布达拉宫的轮廓和颜色。他一直说："没有。"

也不知道是不是真的。

天海的性格跟我有点像，一些真实的感受、情感有时并不太愿意讲出来。

天海少年时期，去少林寺，出省学习，这些漂泊、自立的经历，无疑也拉大了我们父子之间的距离。

我从他 10 来岁的时候开始有了攀登珠峰的想法，到现在已经过去四五年。我常常说："没有任何一个人能比我更清楚，天海作为一个盲人的孩子，在长大后将会面临怎样的障碍和压力。我得通过做成攀登珠峰这件事，来让天海获得尊重和信念。"

可是说实话，我并不确定他对我登山这件事到底如何看待。

他会表现出"支持"。比如，在我临行之前，给我打个电话，或者跟我见个面，拥抱一下，说等着我回来。

他也对别人说过，说将来想用自己挣的钱给我买副手套，我能感受得到，这都是他的心意。

他知道我在攀登一座山的时候，右手中指被严重冻伤，到现在还有点后遗症。他说："所以我就希望我能买副手套送给他，能帮他抵御严寒，能抵御一点是一点。"

当别人向我转述这一段的时候，我知道他虽然不怎么习惯和我交流，但还是很心疼我。

我曾经想让同事小泥为天海辅导功课。小泥是我最好的朋友，也是我为数不多的酒友。我酒量不大，或者说极不喜饮酒，但和他谈天说地时，仍会忍不住喝些。

我此行亦需与他简单道别。

我和小泥算是忘年交，已认识 4 年多。他比我小 12 岁，是山东人，也是一位残障人士，但他读书多，行为处事劲头颇高，有热心，有热肠，亦有一种与命运缠斗的热气，信条是来自冯唐的那句"读万卷书，做万般事，识万种人"。

我们在一次医院的演讲比赛里认识，他最后一个上台，讲着讲着突然抽筋，说不出话，我注意到医院里有和我一样的人。同为残疾人，我希望为他做点什么，通过另一个认识他的医生，我向他发出邀请，请他下来按摩，给他做调理。

认识之后，我发现我们有很多相似之处。类似的家庭背景、成长经历以及当下相似的处境，我们都想通过自己的努力改变命运。有时候下班回到宿舍，我也会去他的房间谈天说地。他读书多，见识广，我们从金融、政治、时事聊开，无所不谈，价值观也很一致。

小泥从上大学开始就告别了按部就班的安稳生活，从东部来到西部，后来又到了拉萨。这些辗转的经历，让我们之间更能相互理解和共情。

我在医院能够交心的朋友不多，小泥是其中一个。当所有人都不理解我的时候，他能理解。他抱着和我一样的想法，他说："当你和周围人都不一样的时候，你只有把一件事情做到最顶尖，才能改变外在的看法。"

在夏琼眼中，他就是我的"军师"，并认为他是我"为数不多的靠谱朋友"之一。

登珠峰需要学英语，以方便和夏尔巴向导沟通交流。小泥就亲自教我，帮我找教材、为我制订详细的学习计划。他鼓励我认真学，对我说："学外语最重要的两个好处就是，你可以直接接触另一种文化，以及增加一种新的思维方式。"

小泥总是羡慕我的"行万里路"。他常说："您去行万里路，我来争取读万卷书，然后我跟您讲我读过的书，您向我分享您走过的路。"他身体不是很好，原因之一是不爱运动。我就教他打太极拳，有时候在早晨的宗角禄康公园，有时候在医院的楼顶。楼顶天台上，通常只有我们两个人。我觉得他当时一定能看见远处的高山。他还年轻，他的路也一定会更远更高。

他住七楼，我住五楼。出发去尼泊尔前，我到他家，继续跟他一起吹牛。他对我的此次离开有期待，也有担忧。他说：“希望洪哥这次能够安全登顶。”

他对我这种在外人看来有些孤注一掷的举动一直都比较理解。他一直希望的，就是我能将登珠峰这件事变成人生的一个激活码。他说：“我只能想象一下你的人生，是虽不能至但心向往之。你的人生是‘纵横四海’，最理想的人生正是这样。”

此行，他借给了我3万元。

3月16日，我们接到航空公司的电话，因为疫情，原定由重庆飞往加德满都的航班被取消，我们只能改道由广州出发去尼泊尔。

3月22日，阜康医院为我举办了出征仪式。医院宁晓总院长、洛则老师、西藏高原文化科技有限责任公司郭泽君先生、范立欣导演、我曾经的向导泽龙老师、我的妻子夏琼，还有来自医院各科室的同事代表都来为我送行打气。

宁晓总院长预祝我登顶成功，向我授予“西藏阜康医院院旗”。他还代表公司和王斌董事长向我和我的登山团队捐赠了攀登珠峰所用的医疗物资和18万元现金。王斌董事长当时在内地，出征仪式上，他打来视频电话，对我表达祝福，叮嘱我注意安全。

这些年来，王斌董事长和阜康医院对我登珠峰这件事很是支持。从我2020年回来工作，到我写这本自传的现在，医院一直给我发工资，从未间断。可以说，阜康医院不但为我提供了就业的岗位，也为我搭建起了一个成就梦想的平台。

泽龙和他的妻子也来参加我的出征仪式。仪式结束，泽龙开车带我去了我们曾经一起去过的洛堆峰。卓木拉日康之行结束后的三四年里，我们仍在互相关注。这一次重返洛堆峰的建议和邀约，是我提出的，我想从他那里获得更多力量。我们下午到达洛堆峰大本营，然后安营扎寨，烧上篝火，聊天，吃火锅。相比于2016年，洛堆峰大本营可谓脱胎换骨，都已变成了固定建筑，还建了观景台。好在“物非人是”，泽龙和我都保留住了各自的豪气与性情。泽龙有高反，身体不太舒服，但他为我开心。早晨，他带我去“看”日出，向我耐心描述对面山的形状，告诉我太阳出来了，阳光正照在云雾上。我和泽龙因登山相识，此时我已确定，我和他的情意早就超过了“登山”本身。

从2016年攀登洛堆峰到现在，将近五年的时间，登山带来的新鲜感早已烟消云散。经历过这五年的一小段人生之后，我能感受到我变得更强大——我从一个登山的局外人，变成了局内人；由当初的“小白”，变成了一个似乎要去承担一个使命的人。在洛堆峰的我，感慨万千。

感慨过后，离去珠峰又近了一步。我决定利用前往珠峰前的最后时间，为我的夏琼做点事情。

这次的“事情”不再是在她耳边磨出老茧的“登山”。

当夏琼还是个中学生的时候，有一次，她的英语老师问大家的梦想。夏琼的回答是：“到海边，去看看海。”

我和夏琼认识已经快25年。我当然知道她心中所藏的这个夙愿，但却一直没能帮她完成。

那就去看海吧。在这次登山之前。

但我并没有提前告诉她，我们此去能见到大海。我只是跟她说：“我马上要去珠峰了。去之前跟我到深圳见个朋友吧，然后到成都参加另一场出征仪式，再一起回重庆老家看看。”她欣然答应。

3 月 24 日下午，我整理好行装，和夏琼一起出发。出发那天的上午，夏琼还在上班。

一到下午，我们就一路奔行着到了机场，飞离拉萨，经成都转机，于凌晨落地深圳。

一路上没怎么说话，但我们的心情都还不错。朋友从深圳最西边的宝安机场接上我们，把我们送到城市最东边的东冲。那是一片尚未经过大规模开发、但风景十分优美的渔村。

从机场去东冲的路很远，开车要两三小时。

一路上，我会回想过去的 20 多年，回想 20 多年来每一年的夏琼。我暗自悔愧，为什么 20 多年了都还没带她来看过大海？我明明早就知道她的这个愿望啊。我又想到以前在上海，有一次似乎都快要到海边了，但因为风太大，终究没能去成。夏琼后来跟我吵架的时候，也会经常提起这件事……

带着这些回忆、反省，以及小小的紧张，我们来到海边。天还没有全亮，风还很凉。夏琼已经睡着。

等到快要日出的时候，我打开车门，唤醒夏琼。夏琼睡眼惺忪地下车，她一走出车门，发现映入眼帘的是自己憧憬过无数次的大海。

她这一路，从白天到黑夜，随我奔波疲累，以为只是一次普通的送行，然而在夜色消散之后一睁开眼睛，就看到了大海，看到了大海上的日出。她惊讶又兴奋，笑着攥海沙、捡贝壳，笑着拍手呼喊、赤足而行，笑着望向海中。

后来听人讲，她当时的笑容看起来治愈又辛酸。

而当时海边的我，则在继续内疚。因为我终于知道，原来她想要的快乐真的很简单，可能只是需要一个美好的场景、一次用心的达成。可是之前这么多年，我竟然都不晓得把这些带给她。现在，我忽然明白了该如何继续找寻、如何自行改变。此去珠峰，我不知我是否能够平安归来，我心里没底。假若我能回来，我会为夏琼做得更好。

四　在家乡的离别

3 月 25 日凌晨，我和夏琼一起在深圳东冲看海。海边的她无比激动，因为这次看海对她来说是“一觉醒来突然梦想成真”。很久之后她跟我总结这件事，会略带得意地说：“老张的梦想是向往高山，我的梦想是向往大海，我们俩三观不同，但是今天看到，高山和大海是可以在一起的！”

3 月 26 日，我们由深圳回到成都。3 月 27 日，汤皓添汤总特地从深圳赶到成都，为我举行了出征仪式。

自上次茶马古道徒步之旅到此时，已经过去半年。这次和汤总在成都相“见”，我俩都分外喜悦。“青光侠”基金会的陈霆远先生也从上海赶来，向我捐赠了 35000 元。来参加仪式的，还有来自川渝各地的三四十位山友。夏琼的表弟也赶来了，他给我带了一束鲜花，向我表达祝福。我向汤总、陈总，向大家一一致谢，与大家拥抱、道别。

3 月 28 日，我和夏琼乘着朋友的车，从成都回到重庆涪陵区的新妙镇。

涪陵是母亲和叔叔还在生活的地方，是我父亲的安葬之地，也是我少年时代生活过的地方，我想探望他们，如果可以的话，也想寻望年少时候的自己。

到镇上的时间是下午三四点钟。因为去尼泊尔前要办理很多手续，所以我们晚上就得回成都。时间紧张，我只能在这里待几小时。

我的母亲并不能理解我要去做的那件事。她不知道珠穆朗玛峰在何处，不了解自己儿子即将奔赴的危险或荣耀。所以我、夏琼与她只能对望，以及嘘寒问暖。我相信，我一定能找到机会让母亲看到我成功登顶的喜悦——假如我可以平安归来。

她并不需要知道珠峰是什么，珠峰在哪里，她只需要看到儿子在某一刻的喜悦，对她对我都已足够。

在涪陵所有的亲戚中，叔叔大概是唯一一个理解并支持我登山的人。他觉得我登山这件事应该是靠谱的。所以这次回涪陵，我想跟他多待一会儿。

他和婶婶提前知道我要回来的消息，来镇上等我。叔叔是一位乐观的盲人，在我印象中，他脸上总是带着慈祥的笑容。叔叔对我影响很大，我小时候很喜欢和他一起玩。他没什么文化，书也远远没有我父亲读得多，但在我眼里，他却更容易亲近。他先是在外地学了推拿，而后回到镇上开了家按摩诊所，我放学后经常一有空就往他那里跑。

印象中，叔叔家里好吃的、好玩的似乎总是比我家多，我常在他家吃饭。再后来，我听从了他的建议，离家到成都学了推拿按摩。他一直都觉得成都是一座有文化的城市，有文化就意味着有发展前途。

叔叔还教我“稳定和坚强的心性可以抗拒坏运气”，他会经常打电话提醒我：一定要保持一个平和的心态。由此可见他对我的缺点非常了解。

我和叔叔一起去了父亲坟地。那是位于梯田中间的一座小小的土坟。我凭借记忆想象那一带的景观，想到山峦丘陵应该都相当遥远，无论是在记忆中还是在想象里，皆难以寻到少年时的自己。我虽看不到故乡 20 多年来的巨大变化，但我知道我的身影在此处似已无处安放。

夏琼扶我穿过田埂，我们一起跪倒叩拜。香烛燃起，烟味弥漫，夏琼说：“我是夏琼，我和张洪来看您了。”夏琼祈祷父亲能保佑我们全家平平安安、健健康康、快快乐乐。

我父亲生前严肃苛刻，我和他之间不乏矛盾。他省吃俭用舍不得花钱，也爱在别人面前表现出自己最穷的一面。他的这些习性，加重了我的抱怨。但在失明之后、在我也成为父亲之后、在开始登山之后、在他离世之后，我发现自己越发理解他的心境处境。因为我发觉自己也变得愈来愈苛刻严肃，爱控制，更敏感。我想要用力摆脱它们——连同还活在我心里的那个父亲。

父亲对我去登珠峰的事并不看好。他担心我，也觉得我又在乱折腾。当然，在我身上，令他担心的也并非只有登山这一件事。

他担心了我太多事、太多年，直到去世。

此刻在他坟前，我默默地告诉他，我要去干一件对我来说极其重大的事，希望他能理解我，也希望他在天上能够给我多一些庇护。

我理解他对我的爱，那是一种深沉的爱。因而不能像叔叔对我的那样，能够直接表达。我失明的事，父亲一直很自责。好在后来，他也开始试着慢慢看开。他对我说：“变成盲人，是你命中的劫难；就像遇到夏琼，也是你命中注定的事——只不过这次是好事。”

回到镇上，我张罗着请亲戚们一起吃晚饭。他们对于登珠峰这件事并没有太深刻的认知，只是知道我要去爬山了。他们大部分人的印象里，就是觉得张洪一直在折腾，但也一直没有折腾出很好的结果。

吃完晚饭，我又将迎来一场告别，这次是我和夏琼。我要回成都，夏琼要从重庆坐飞机回拉萨，她不能继续和我一起赶路了。我先出发。我在车里，夏琼在车窗前。

她一开始还会笑，伸出手指来和我拉钩、“盖章”，和我约定一定从珠峰上平安回来。但很快，她再也不能忍受住自己心里的情感——心疼、担心、焦虑……

她说：“不管上不上得去，都要平安回来，听到没有？”我说：“好。”她接着说：“你自己的妈自己回来养，你自己的儿子自己回来教，你如果不回来我也不管。”说这些话的时候，她开始哭。

此情此景，与她三天前在海边时候的快乐和幸福完全形成一个反差。

我也开始心疼，并且忍不住落泪。

后来我听他们说，我的车开走以后，夏琼也还一直在那里哭，哭了好久好久。

我想起她很喜欢说的一句话：“我是你生活的一部分，但你是我生活的全部。”——其实我一直都很想告诉她，我也是这么想的。

3 月 29 日，强子的攀登域团队为强子和我践行。

为了更好地出发，强子和攀登域做了非常多的准备工作，包括签证、疫苗、机票、装备、物资等。强子在自己大脑中反复播放攀登时的场景，预设可能会出现的各种状况以及应对方案。他是带队者，既须全力以赴，亦须内心平静。

27 日，他第三次检查了带去珠峰的装备。这些装备物资足足装满五个驮包。

此外，驮包物资里面还包含着火锅底料、腊肉、腊肠等食物，为我们这些异乡客提供动力和情绪价值。

一切准备就绪。3 月 30 日，我们由广州白云机场乘坐中国南方航空 CZ6067 次航班直飞加德满都。

1996 年的深秋，张洪确诊青光眼，夏琼带张洪在成都双流区见夏琼父母，于双流棠湖公园门口合影留念

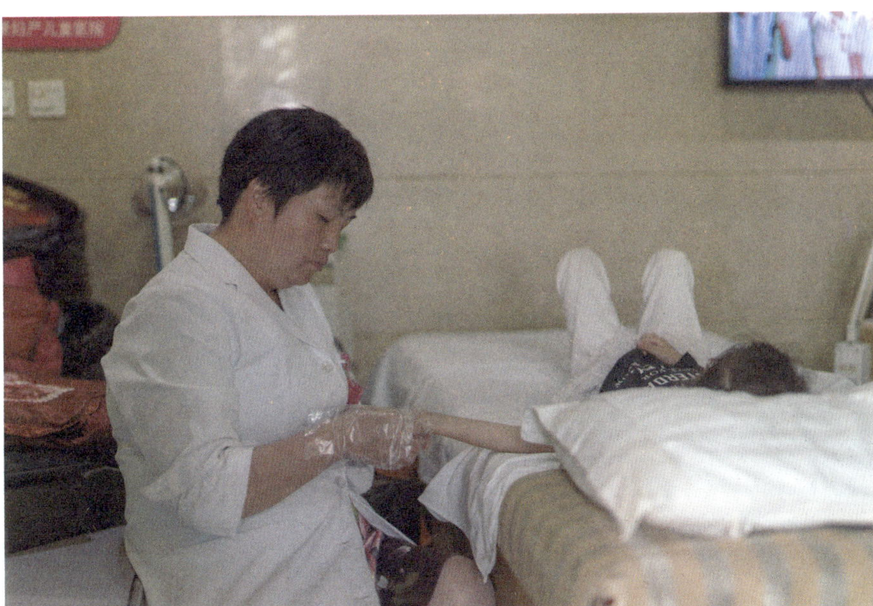

2020 年 8 月 11 日，西藏阜康医院，夏琼给儿童患者做调理

2020 年 8 月 13 日，父母工作时，张天海在门口等待

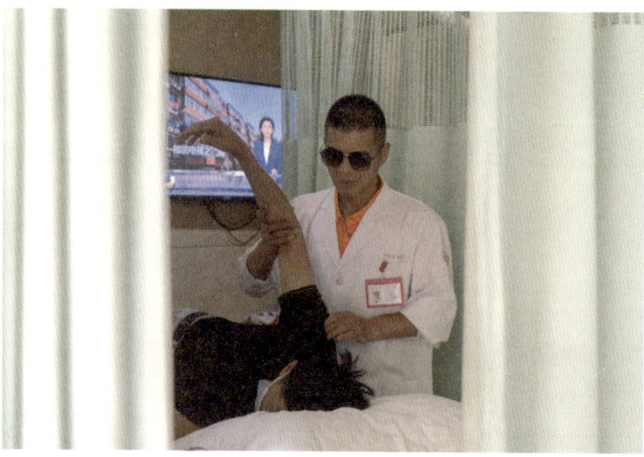

2020 年 8 月 13 日，西藏阜康医院，张洪为病人按摩

2020 年 8 月 14 日，张洪与夏琼去阜康医院路上，当天下着雨，这么多年来，夏琼从不让张洪踩到水坑，她始终希望张洪在人前呈现出干净整洁的样貌

2020 年 8 月 16 日，张洪与儿子张天海在拉萨附近爬山

2021 年 4 月 3 日，尼泊尔卢卡拉小镇，张洪和强子、范导等人徒步前往珠峰大本营

2021 年 4 月 11 日，徒步最后一天，张洪与强子即将抵达珠峰大本营

2021 年 4 月 15 日，张洪和团队成员在珠峰大本营附近的冰川进行拉练

2021 年 4 月 16 日，当地夏尔巴向导协助张洪训练

2021 年 4 月 16 日，张洪和强子前往海拔 6100 米的罗布切，开始大规模拉练

2021 年 4 月 18 日，罗布切东峰，天气晴朗

2021 年 4 月 18 日，张洪和团队正在攀登罗布切东峰，有人攀登时，其他队员在下方等待

2021 年 4 月 18 日，张洪在风雪中通过罗布切东峰

2021 年 4 月 20 日，张洪和团队完成罗布切拉练，返回大本营

2021 年 4 月 27 日，张洪在昆布冰川进行适应性训练

2021 年 4 月 28 日，昆布冰川后段

2021 年 4 月 28 日，张洪去往一号营地的途中，他正在经过垂直冰壁

2021 年 5 月 2 日，海拔 5980 米的珠峰一号营地

2021 年 5 月 9 日，摄影师镜头里的珠峰大本营全景

2021 年 5 月 11 日，张洪在珠峰大本营休整，等待登顶时机

2021 年 5 月 20 日，张洪开始正式攀登，他们正在通过昆布冰川的天梯

2021 年 5 月 20 日，张洪通过昆布冰川的天梯，脚下是幽蓝深渊

2021 年 5 月 24 日，尼泊尔时间上午 9 点，张洪成功登顶珠穆朗玛峰

2021 年 5 月 24 日，尼泊尔时间上午 9 点，张洪成为亚洲首位登顶珠峰的盲人

2022 年夏天，张洪受西藏拉萨市第一支盲人乐队邀请，为乐手们讲述登山过程和心路历程

初见珠峰 6

一　异国徒步

我们到达加德满都是在当地时间的下午 2 点半。第一次踏足异国的土地，我心中充满紧张。

加德满都特里布万国际机场规模不大，但五脏俱全。机场跑道很短，飞机滑行的时候会略有颠簸。下飞机以后，我能闻到牦牛的味道，想必这些高原上的标志性动物，距离我的位置一定不远。在机场穿行之时，我所摸到的木制门窗，也全都给我一种“原生态”的感觉。

机场有简单的献哈达仪式作为欢迎礼，之后我们带着一堆巨大的驮包入住酒店。

强子工作作风疾如风烈如火，入住完毕就召集大家到办公室开会，沟通分享他当时能想到的关于攀登珠峰的所有细节。

吃饭的时候，一起从国内过来的范立欣导演教我用刀叉，吃一种主要用鸡蛋做成的食物。

我记忆中自己以前从未用过刀叉。我用餐刀锯开食物，用叉子挑起其中一片，试图放进自己张大的嘴里。但一连试了四五次，均告失败。

食物一次接一次“扑扑扑”地落在餐盘上。范导在旁边继续耐心指导。我决不气馁，再度稳定心神，将盘中食物铲起。食物入口，我来不及咀嚼，只管先眯起眼睛哈哈大笑。旁边目睹此景的人们也都一起开心大笑。

我和范导已经认识一年多，其间多次会面、交谈。我和夏琼去看海那一次，他亦一路跟随、记录。他作为专业、敬业的纪录片导演，一直恪守纪录片拍摄的冷静界限，比如，不主动干涉我和我的一切。

但在平时交流、共事的时候，我能感觉到他其实是一个有温度又很有能量的人。他能得心应手地在帮助我和拍摄纪录片这两件事之间找到平衡——既有能力解决困难，又能做到绝不喧宾夺主。

夏琼也很敬佩他，认为他“善于发现、开导别人心中的疑惑，是一部无所不能、什么都懂的百科全书”。

在我首度用刀叉进餐的第二天，强子告诉我需要另加一笔费用，用于新增加的一位夏尔巴向导。现在想想，这笔费用并无太大问题。但在当时突然听到，对我来说，着实有些措手不及，乃至因慌乱而心生惧意与芥蒂。

我一时之间实在想不出还能找谁筹钱、借钱。这时候是范导伸以援手，从他影视行业中的朋友们那里，帮我筹到了其中的四五万元。

范导知道我经常思虑过重，担心我对拍摄纪录电影这件事压力太大。他不止一次对我说：“不管成功与否，都千万不要有对不起拍摄团队的想法。”

在加德满都，我认识了很多新的朋友，他们是来自各个国家的登山者。他们全都知道艾瑞克，知道盲人登上珠峰的可能性，于是对我的行动也就能够理解并支持。他们会很直接地夸我是“一个了不起的人”。

事实上，在和他们乍见之后更长的相处过程中，我甚至觉得连自己固有的“盲人”标签也可以一齐撕掉了。和他们在一起时，我经常产生这样的错觉：我自己就是一个登上过很多座山，现在又来试图攀登珠峰的普通、正常的登山爱好者。

其中一位朋友来自土耳其，已经60多岁。他见我慢慢地喝咖啡，看出我是个盲人，就问范导我是不是来攀登珠峰的。得到肯定的答复后，他走过来，让我摸他的手。他手上的指头全都被冻掉了半截。他是想告诉我，即将攀登珠峰的我们，都有着各自不同的遭遇乃至伤残，那么从这个层面上也可以说，我们都是一样的。

当时还有一位朋友名叫保罗，同样60多岁，来自希腊。保罗是个有活力、热心肠的老顽童，在人群中特别活跃，喜欢在晚饭后召集大家唱歌跳舞。

他是一位成功的企业主，经营连锁床垫品牌，在全球拥有数百家分店。他喜欢聊天，尤其是和我。我英语水平委实不高，但我们两个人之间的沟通很有默契，连猜带比画（主要是我来比画）就能聊到天南海北、意气相投。我们快速地成为老交情。他会半开玩笑地说：“我来给你做夏尔巴向导，我们一定要一起登顶！”

我还根据他的名字Paul给他起了个雅号“老炮”（老Paul）。他对这个名字很喜欢。

强子这几天一直忙着整理、补充装备。3月31日上午，尼泊尔的一家盲人机构在当地公园里组织了由10多位盲人参加的户外攀岩体验活动。强子带我去了。我在那儿遇见一位来自加拿大的视障女士。她认识艾瑞克，曾经攀登过阿玛达布朗峰，如今在路上已经旅行了三年。强子夸我们都有着“坚韧而美丽的生命”。他在看我攀登一次之后，认为我的熟练程度已经超过在成都的时候。

4 月 2 日，强子抽出空来，带我去了加德满都古城中的杜巴广场。这里是尼泊尔的知名景点，现存有 50 多座寺庙和宫殿，囊括了从 16 世纪开始跨度 400 年的古典建筑。

强子向我讲解关于这座广场和这些建筑物的故事，拉着我一起喂广场上的鸽子。阳光和煦，鸽子的叫声懒洋洋的，让人心里稍稍放松。

这天下午，我们拿到了尼泊尔官方颁发的登山许可证。他们举行了颁发仪式，向即将去往珠穆朗玛峰的登山者们表达祝福。

4 月 3 日，我们 5 点起床，乘坐直升机离开加德满都，前往卢卡拉。那里是我们徒步之旅的起点，目的地是珠峰大本营。

从卢卡拉开始徒步之旅的第一站，是海拔 2650 米的帕克丁。海拔呈下降趋势，我们走得相对轻松。很多人是载歌载舞地行进。强子对我一路牵引搀扶，我们走了三个半小时到达高山木屋。

高山木屋附近，一群当地的孩子早就听说了我的事。他们在我的背包上写祝福语，排队和我拥抱。

之后几天，道路艰险程度各有不同，但这场浩浩荡荡的徒步之旅始终顺利进行。强子让我尝试背负三个驮包总计 70 公斤的重量。他想让我感受珠峰后勤保障的不易。他有空的时候，会向我描述周围能看到的山河景色；也会干脆沉浸在大山的环抱之中，思考自由为何物以及如何追求自由这类形而上的问题。

一路上，我在加紧和夏尔巴向导磨合，我们之间已经能用英语简单、顺畅地交流。保罗则继续教我跳舞，并带我到附近的寺庙里祈福。

4 月 8 日，我们经过一座铁索桥。铁索桥海拔 4300 米，悠长又平坦，悬挂在两片林坡中间。强子说，铁索桥的旁边就是阿玛达布朗峰，是珠峰的守护神山，也是他一直想登上的山峰之一。这一天的路途整体而言深浅不一、崎岖不平，到后来天空又飘起雪花，所以我们消耗的体能比往日要多。

4 月 10 日，是我们抵达尼泊尔的第 12 天。这一天，我们来到世界各地登山者的遇难纪念碑前。那里刻着很多中国人的名字，其中有好几个人强子都认识。他郑重地走过去，在他们的碑前放上香烟，我则献上哈达。我触摸碑上的名字、照片，体会到一种沉重而冰冷的感觉。我心里剧烈波动，对于“登山遇难”这件事有了更加深入而直观的理解。有太多人倒在这里了，但也有更多的人选择继续攀登——“因为山就在那里”。

我忽然有一种想哭的冲动，是那种“悲从中来不可断绝”的想哭。但这种冲动又并非单纯因为畏惧或者感伤，而是确实能真切感受到一股说不清道不明的情绪，在胸膛中纵横决荡。悲壮到壮怀激烈。

我低头继续认真抚摸、认真祭拜，认为唯此才能将我的情绪渐渐消解，那股如我脑海中四周山形一样郁郁累累的情绪。

离开纪念碑，珠峰大本营就在下一站。强子告诉我在这里已经能够看到昆布冰川，这四个字加重了我心中的忐忑。强子之前不止一次跟我说过，通过昆布冰川比登顶的难度都要大。

二　大本营见闻

4 月 11 日，我们到达海拔 5364 米的珠峰大本营。

珠峰大本营建在冰川上。冰川虽然看起来是结冻的，但本质仍然是会动的河流或瀑布。冰川的运动会让营地地貌乃至位置发生改变，因而它在大规模使用之前，需要后勤保障团队提前进驻进行修整。

此前不到十天的徒步之旅大致轻松愉悦，强子、保罗还有其他很多朋友让整条路途多姿多彩。一路上我也收获极多鼓励，从同伴和路人那里。

或许是更早一些日子里郁积的压抑、压力、激愤、兴奋终究需要显示一下存在感，我心中那股“说不清道不明”的情绪最终还是爆发了。

到大本营那天的下午，我先进入帐篷，而后范导进来看我。他一进来，我就抱着他大声痛哭，情绪在帐篷中弹射传递，范导也哭。他后来说：“珠峰真是个拥有神奇力量的地方，大家来到这里仿佛都会变得更加纯粹和感性。”

我对他提起两年前，那时我创业基本失败，身无分文从重庆回到拉萨，那种恐惧和羞愧至今萦绕我心。我对他说，其实我每次跟别人提起自己要登珠峰这件事，心里都特别没底，但我就是不愿意让人瞧不起自己，就是想努着劲儿为自己和一家人争口气。

而现在，在这些年经历这么多的讥讽、质疑、委屈，经历这么多的辛苦磨炼、跌跌撞撞之后，我竟然真的来到了珠峰大本营。

我现在所“仰视”的，就是海拔8848.86米的珠峰了啊。

我当然看不到它。在登上顶峰之前的此时，我只能通过这种仰视的方式，暂时将我自己与它合为一体，从而更加真切地去感受它的轮廓、气息，这座神奇高山在我眼中、脑中变得可以想象。

珠峰大本营营地蔓延约有1公里，分布着不同的功能场所：餐厅、工作室、会议室、仓库、厨房、淋浴室、干湿分离的厕所。大家在这里都有独立的帐篷，帐篷里面还配置了宽1米的单人床和厚达20厘米的海绵垫。

因四周冰雪山石广布，达瓦的公司担心我受伤，在我帐篷旁边专门拉了绳子，我沿着绳子就能到达他们专门为我建造的厕所。此外，去餐厅的路上也有他们为我设置的引路绳。这些安排很贴心。

晚上，强子率全队人员及夏尔巴保障团队一起吃火锅，增加彼此之间的熟识度。

第二天一早，保罗从他住的国际营那边跑过来找我。保罗的三个孩子中，一个是足球运动员，一个是拳击手，一个是排球运动员。我和他一聊起体育话题尤其是足球就会无休无止。认识他以来，他让我学英语的动力更加充足。于是这些天我一有空就会主动找范导，请教他发音与语法。保罗也会拉着我一起做一些热身锻炼。

但有时候，我也会听到这样一个乐天的老汉在国际营那边独自哭泣。保罗也是第一次到达珠峰大本营。他身体有病痛，加上高海拔的极端环境，就会疼得难以忍受。我知道他的情况后心里跟着难过。不过，他得知我很关心他的时候，便又会忽地开心起来，于是过来看我，继续和我聊足球、聊自己的运动员子女。

我有时会给保罗和其他已经很熟的朋友做按摩，缓解他们的疲劳与疼痛。我对保罗说："我给你做个按摩，这样就可以通过我，让所有的能量都聚集到你身上——不是我的能量，而是世间万物的能量。"

除了保罗，还有其他很多外国朋友会过来——有不少人是过来吃中餐，其中有一位波兰登山家。有一天，他过来吃饭，见到强子拿出两瓶辣味的豆腐乳，以为这种调味品是菜肴，就直接夹起一整块丢进嘴里，咽下去，下一秒，他就开始辣得发抖。他后来还有过一次把老干妈辣酱当成菜肴的经历，同样是舀起一勺大口吞下……

大本营的中餐是由夏尔巴厨师来做。在大本营做饭，食材的储存很让人费脑筋，后来大家在大本营后边挖了个洞。这个洞是一个天然冰箱。大本营中的牛羊肉，终于不会因为在自然气温下反复冻化而发臭了。

夏尔巴厨师也会做尼泊尔当地菜肴，他们做的土豆烧鸡里有咖喱香草的味道。

大本营下了雪，强子很高兴。他想让我更直观地了解"冰川"是怎么回事儿，就带我去摸营地附近一块像桌子那么大的石头。他对我说："你往下摸，会发现它中间是凹进去的，那个地方有块冰在支撑着它。"我果真摸到那块冰，冰很硬。强子告诉我："这冰虽然硬，但还是会化掉。"我心想，冰化掉的话，这么大块的石头一定会滚落到不知何方。于是我便有了冰川地带到处充满危险的认知。

能让我感受到危机的，还有冰崩的声音。我第一次听到冰崩的声音是来到珠峰大本营的首日。冰崩声响很大，就像打雷。但别的雷声在天上，这种“雷声”却近得如在身边。后来这种声音听多了，我心里想的也就只有“听天由命”四个字了。

虽然保罗说过“如果你愿意，我会每天早上都来找你一起健身训练和聊天”的话，但强子担心他经常来这边可能会影响我本来的训练进度。于是直到我们正式开始攀登，保罗再也没从国际营地那边过来。

接下来几天，天气很暖和，大家一起剃了光头，并面对珠峰摆拍。我的头是强子亲自为我剃的。从这一天开始，我们进入冰川训练阶段。强子想要我继续巩固和熟悉一个多月前的系统训练成果。

我们在营地举行了煨桑仪式。煨桑是一种祈愿礼俗。念诵佛经和击鼓的声音持续将近 3 小时，大家心思平静，抛却烦扰，一起为攀登者的健康平安祈福。

强子为我测试护腿，以防止我小腿、膝盖受到磕碰。强子很有心，这次从国内为我带来一副摩托车护膝。有这副护膝保护，即使我摔倒，也不会伤到踝关节和膝关节了。

我们刚进入大本营的时候，晚上除了如雷霆的冰崩声突然响起，以及风声雪声，周围总体来说都是安静的。风雪间隙，春天渐次覆盖在喜马拉雅山脉南麓的高山冰原上。周围的温度慢慢升高，4 月下旬的时候，我开始听到细微的流水声。我渐渐也发现，脚下踩着的冰坡正在变得越来越倾斜陡峭。

之后流水的声音由小变大。我想，我们身边的这条冰川不会真的马上变成一条大河吧？

总之，即使是我，也能觉察到，昆布冰川的确正在变得越来越不稳定。

三　通过昆布冰川

4 月 18 日开始，强子带我展开两次大规模拉练。第一次拉练是攀登海拔 6100 米的罗布切东峰峰顶。

我们凌晨 2 点起床，3 点钟从海拔 4900 米的罗布切营地出发。我不时问夏尔巴向导“我们进展的速度如何”。因为这时的我开始有了新的担心。我担心自己会变成那个拖累全队的人。我后来想，有可能是珠峰一带登山的仪式感和气氛加重了我的这种心思。

更重要的是，路很难走，我的行进速度确实很慢。后来我知道，当时之所以显得艰难缓慢，是因为罗布切峰雪线上本来覆盖的是雪层，但因为这两年气候变化，原来的雪层悄然变为冰阶冰梯，因而需要路绳、冰爪、上升器加上连续不断的踢冰动作才能攀爬。这种情况下，路线陡然变得复杂且具高难度，并容易让人身体受伤。

我很快筋疲力尽，不论是身体还是心理。我希望强子同意我下撤，强子则使出各种招数，激励我继续向上。我无计可施，只能硬着头皮，踢冰攀行。

午后 1 点，我用尽全身力气，终于爬上罗布切东峰峰顶。

可是这还不是真顶。对面还有一个比我现在所在位置，高出

20 米的山尖，那里挂了一条五色的经幡。夏尔巴向导告诉强子，经幡那边的山尖，才是真正意义上的罗布切东峰峰顶，但对大多数攀登者来说，到达我们现在所在的位置，就已经算是成功登顶了。

我们可上可不上，强子征求我的意见。去真顶的路上，需要跨过一个冰裂缝，冰裂缝之间没有梯子，要靠跳才能过去，还有一个很陡的坡，很多人可能觉得没有必要上去，真顶假顶没有多少区别。

但我还是决定上去。既然只有 20 米了，为什么不去呢？我决定有始有终，直面挑战。我立刻起身，爬到了对面经幡底下的山尖处。

爬上山尖后，终于下撤，此时一场暴风雪却突然席卷而来。我们沿着剧烈摇晃的路绳，小心翼翼地向营地行进。暴风雪敲击我们的身躯，也加重了气氛中的压抑。我体力不支且精神几乎崩溃。我觉得强子并没有提前去了解天气，或者了解过天气却并没有把这种在他看来属于“家常便饭”的天气当回事儿。于是在暴风雪中，我对着强子爆发愤怒，问他：“那么危险的训练，到底有没有必要？”强子很委屈。夏尔巴向导不知所措，过来安抚我的情绪。到了晚上，我们还经历了一次迷路。

我们回到营地的时间是晚上 11 点。罗布切峰登山之行，我们总共花了 20 小时。后来连强子也评价说这是“最漫长的一次攀登”。

回到营地，我和强子之间关系依旧紧张。

4 月 20 日，我们回到珠峰大本营休整。回来的路上，我和强子没有说话，两个人心里都有自己的道理。比如，我认为这种拉练方式，会让我受伤乃至丧命，而即使只是受伤，那么因伤情不能再继续攀登珠峰的我，也势必无法向所有支持我的人交代；强子则可能认为我对向导缺乏尊重与感激，对山峰仍旧缺乏敬畏与热爱。

面对这种局面，其实我俩心里都很着急。我们都知道，作为盲人登山者与向导，我俩需要尽快修复关系。

回到大本营的第二天，录音师甘鑫自告奋勇下厨房，给大家奉上一顿正宗地道的川味火锅。我们一行团队中，大家都喜欢吃火锅，所以这顿火锅出现得非常及时。我们和夏尔巴向导一起，在雾气朦胧的帐篷里瞎侃，同时把牦牛肉、青菜、土豆片放进沸腾的红汤火锅里，我和强子之间持续两三天的紧张气氛得以松动。

强子不停地往我碗里夹菜，我也主动向他询问接下来的拉练计划。

从罗布切峰绵延至此的“暴风雪”终于在火锅中消散。

但这只是第一场“暴风雪”。

第二次大规模拉练，路线是从大本营经一号营地、二号营地到达三号营地再返回大本营，中间要通过传闻中的昆布冰川。

拉练之前，强子和达瓦一起给团队开了一个情况告知会。强子在会议中做了小小的自我检讨，并提出改进方案：在下一次攀登拉练前，他会把天气情况跟大家提前说清楚，好让大家都有个心理预期；在攀登路线上他也会安排好热茶，若有需要，他可以呼叫夏尔巴人把热饮送到半路，如此好让大家能有更多的安全感和更高舒适度。

4月27日凌晨2点，我们出发，拉练开始。出发的夜晚大雪纷飞。祭祀台前，松枝燃烧，化为袅袅轻烟。我们用过简单的夜餐，背起高过人头的冲顶背包，在默诵祈文的夏尔巴人带领下围绕祭祀台转了三圈。然后，我们一起向前涉足冰川，如同踏入河流。前方是黑暗的山谷。冰川是昆布冰川。

我若完成这次拉练，也就意味着我对昆布冰川的首次挑战成功。

昆布冰川遍布冰裂缝，冰雪随时可能崩塌。我们行走在上面，如同穿行于封神榜故事中神仙布置的险阵，需要不停地跨过陷坑、躲过悬剑。

这一路势必风波不断。很多路段，我们无法并排乃至先后而行，强子无法用自己的身体引导我，只能用呼喊的方式向我下达“上”“下”“左”“右”“横切”“跳跃”等简单指令。

他能看到或者预知危险，比如，看到地上有新鲜的碎冰，他就知道此处刚刚发生过崩塌，然后催我赶紧通过——但我完全不能。毫无疑问，他现在就是我的眼睛。

我虽看不见实在的危险，但黑暗本身加上四周的风吼以及冰雪崩塌的悲鸣无疑会加重我的恐惧。

为了节省体能，我踩着强子或者夏尔巴向导的脚印走。我能听出向导的鞋踩在什么位置，还能听出他们在前面踩着的是新雪，还是已经有其他登山者走过的成熟路线。前者听起来很散，后者踩上去声音则像是咬了口薯片。

这场穿行也极度考验强子的描述能力。他需要尽可能准确描述我即将面对的地形，例如，裂缝宽度、裂缝对岸斜坡大致角度……

我把注意力集中到强子的话语上。他盯着冰爪和那些冰裂缝上面斜上或斜下的梯子，不断喊着让我调整位置，冷空气灌进他嘴里，他止不住地咳嗽。但他必须继续扯着嗓子喊，我则挂上路绳一步一步小心前进。他无比紧张，因为我只要一脚踩空掉下去，挂在路绳上的所有人也会被坠下去——我们是一根绳上的蚂蚱。

裂缝对岸多斜坡，我也会伸长自己的登山杖去试探，通过这种粗略的触感，来判断自己接下来落脚的位置和力道。

假如登山杖所获得的触感仍不足以让我脑中形成判断，我还得在尽量稳住自己重心的前提下伸脚过去，以脚掌触探对岸，锚定一瞬间的落足点。

但只是伸脚触探一次毕竟不够，我需要反复伸腿缩腿，形成肌肉记忆。

然后我便深吸一口气，一跃而过。踏足对岸斜坡的一刹那，常会让我想起诺曼底登陆。因为我实在不知登岸之后会马上发生什么，是立足不稳栽向深渊还是滑向地底，抑或获得暂时平安？

除了冰裂缝，昆布冰川上的垂直冰壁也令人头痛。这些冰壁有的高三五米，有的高达十几米，分布在冰川线路中，大大小小，总共有三五十个。它们并不是光滑如镜的，而是像从前农村里年久失修但偏偏不倒的土墙一样，墙上纵横沟壑、坑坑洼洼，全无规则。我沿着绳子攀上冰壁，强子在下面喊，告诉我接下来脚要抬多高、要放在哪里。如果冰壁上有很多前人踩过的冰坑，我就能省下不少力气。但假如冰坑很少，或者因为冰壁形状不规则，强子无法看到，那我就只能用脚踢的方式，来回反复，以找到稀疏的冰坑，或踢出一个供自己落足的小小的坑来。

还有更艰难的情况。比如，下一个冰坑相对我的位置太高太远或者干脆没有。那我就只能发动头和膝盖顶住冰壁、稳住重心，然后一点一点往上蹭。

好在快到最顶上的时候，在上面等候的夏尔巴向导通常可以伸手拉我一下。

昆布冰川还有很多狭窄的雪桥。它们弯曲、凸起，连接冰雪覆盖的悬崖。这些雪桥当然无法同时容纳两个人通过。强子只能扯起嗓门，在我背后向我高喊“往左”“往右”“直走”；我也就只能挂上路绳，小步前行并随时修正方向。通过这样的路段时，每个人都很紧张。我们需要全体保持冷静，以防有人踩空，连累一条绳上的所有同伴坠落下去。

所幸越过一号营地之后，冰裂缝、冰壁数量变少。

我们在 4 月 27 日下午 4 点到达一号营地，并停留一晚。

虽然比正常时长多用了五六小时，但强子心情还不错。他对我说：“最难的一段过了。”

一号营地和二号营地之间是“望山跑死马”的一片荒凉，太阳很晒。我看起来走得毫无章法、漫无目的，就像行走在一颗陌生的星球。

二号营地伙食还算丰盛，有奶茶、红茶、西红柿鸡蛋汤、米饭、火腿、绿豆。饭后，强子会望着云海中的洛子壁抽烟。

5 月 2 日，我们到达三号营地之下约海拔 6900 米处。因连日降雪积雪较深，路绳被埋，我们只能到此为止。返回二号营地休息几小时后，我们于当日下午 5 点从二号营地出发，又历经了 12 小时，在 5 月 3 日早上 5 点抵达大本营。

这一次拉练，我们往返间两次通过昆布冰川，全程并无一人跌下冰缝、冰壁、雪桥，可说是非常顺利。这里面有幸运的成分，但更多还是强子和夏尔巴向导的功劳。

穿行中，我也学会了用嗅觉来分辨自己所在位置是冰川还是雪地。雪地有腥味儿，冰川寒气太盛，十分刺鼻——这种刺鼻的味道我永远都忘不了。

在强子一开始对我提及这次往返通过昆布冰川的拉练时，我心里是相当抵触的。我之前对昆布冰川的危险程度已经有所耳闻。像这样往返通过，且还只是拉练，无疑会加大我此行的风险。我当时甚至有如此想法：宁愿在攀登中受伤，也不愿意在拉练中出局——这样的出局方式曾是我所认为的最名不正言不顺的那种，也是最容易发生的那种。

但不久之后，我便开始理解强子的想法。穿过昆布冰川的拉练，让我心理、身体各方面都能有一个很好的适应机会——如强子所言，我们必须尊重规律、尊重自然，用更多的时间去和珠峰耐心接触，和珠峰产生心理连接，从而让彼此达成更为默契的关系。归根结底，就是要敢于直面困难、化解困难，不能因为害怕而减少与困难的接触。

而我之前的想法其实是在放大乃至放纵自己的恐惧。感谢强子以及这次往返通过昆布冰川的拉练，让我正视恐惧，不畏恐惧。

我将继续战胜恐惧。

窗口期等待 7

一　5·16叫停

窗口期似乎是一个专属于珠峰的词语。珠峰独特且如此桀骜不驯，令人敬畏，一年365天，能登顶的日子屈指可数。

2019年的珠峰大拥堵，我早已耳闻，那是一个黑色的5月。

那一年的攀登季，从南坡攀登珠峰的死亡人数为11人，这是一个没受天灾影响的数据，在珠峰攀登史上排名第四，仅次于1996年山难、2014年雪崩、2015年大地震。

在珠峰，死因包括不利的天气，偏短的窗口期，登山者体质弱、突然昏迷等。"拥堵"其实并非2019年登山季多人死亡的主要原因，天气导致了窗口期被压缩，希拉里台阶"堵车"的影像，伴随不断刷新的伤亡数字，冲击了外界对珠峰认知的真空地带。本身就具备"热搜体质"的珠峰，从2019年5月底开始刷屏社交媒体。

"拥堵"像一面放大镜，也是一块天然的试验场，登山者的心态、经验、目的、性格统统在它面前褪去外衣，露出本来面目。攀登人数上涨，风险不断提高，那致命的一剑，悬在稍有差池的人头顶上。

当时的我在国内，一边准备挑战慕士塔格峰，一边关注着珠峰的最新动态。

“伤亡”“失踪”“昂贵”沸点不断，“珠峰”像一个在沸腾的杯子里沉浮的茶包，析出苦涩，供看客品尝。当登山季进入尾声时，那些被反复咀嚼的消息成了隔夜茶，这场声势浩大的围观，终于散场。

热点降温，如大风吹过，不留痕迹。在一年一次的匆匆聚焦背后，不可忽视的是大众缺乏对攀登珠峰的了解。

不可否认，“拥堵”让登山者消耗了更多氧气，增加了心理和身体的双重负担，但拥堵背后，是一系列因素共同作用的结果。

攀登珠峰的风险在于高海拔缺氧环境下导致的高山病，严重的包括肺水肿、脑水肿，甚至会在 24 小时内导致死亡。另一个主要风险在于暴风雪、雪崩等恶劣天气和自然灾害，这些都极易导致登山者出现冻伤、体能衰竭、滑坠、掉入冰裂缝、失踪等危险情况。

两年前，我还是局外人，如今我已身在局中。

艰难的罗布切东峰攀登，昆布冰川适应性训练，持续了 15 天。拉练结束后，时间来到了 5 月 3 日。

每年的 5 月，是珠峰地区雨季和风季过渡的时间，气候相对平和。大概在 5 月中下旬那 10 多天，天气相对晴朗、风力相对温和，这是攀登珠峰的窗口期，这个时候攀登珠峰遇到雨雪天气的概率相对较小，良好的能见度可以为登山者提供广阔的视野，这个时候发起冲顶，成功概率最大。从 2001 年起，珠峰适宜登顶的平均天数为 11 天。拥堵的 2019 年最为疯狂：窗口期仅有 3 天。

我登珠峰这一年，珠峰最早的窗口期是 2021 年 5 月 11 日至

13 日，我也想从这个窗口期正式攀登。

许多团队都期待成为“第一”，我们也不例外。但率先出击，更像一场豪赌。首个窗口期的登山人数往往多达 100—200 人，山壁极有可能出现拥挤。而有时最为缓慢的团队却往往最早出发，如果他们拒绝让路，速度更快的登山者则无法通过。

正当团队一切准备就绪，气旋给珠峰带来了 3 天的降雪。第一个气旋刚走，孟加拉湾的气旋又形成了，团队在大本营休整的时间也变得漫长起来，我们每天都在研究天气，并有顶尖的气象预报专家给出最新的未来 5—7 天的天气预测。大家都很焦虑——不稳定的天气，加上漫长的等待，心浮气躁是难免的。

那几天，连日大雪，气候恶劣。我第一次领会到，登顶珠峰不是身体好就能上的，也不是有钱就能上，气候永远无法受人控制，却也是最为关键的因素。

我们在大本营耐心等待着下一次窗口期的出现。

平静下来想，营地里的生活也不错。大本营像一座小城市，隐藏在雪山下。经幡向着四面八方飘扬，在海拔 5360 米的低氧微风中呼呼作响。珠峰隐藏在大本营西边的山脊后，每个夜晚，帐篷下，10 亿吨的碎石发出低沉的吟唱。1000 多人簇拥在 200 多个帐篷里，怀揣着各自的梦想、豪情或忧伤。

无论大本营的生活再怎么轻松愉悦，也不是我此行的目的。等待始终是煎熬的。

对很多人来说，今年不行还有明年，可对我来说，6 年来付出的所有点滴，只待这一次机会。为了这一刻，我已经踏踏实实准备了 6 年。我知道，攀登需要耐心，这也是登山的一部分，不能因为外界的因素，影响自己攀登的节奏，调整心态是我们唯一能做的。

强子说，当脚步止于山峰，心灵的攀登才刚刚开始。

强子知道，即便上到顶峰，我也看不见群山环抱的景色，我是真的想挑战自己。在强子看来，登山像一个课堂，在高海拔的极端环境下，人性里的优点和弱点都会被放大。登山像一个载体，通过登山人们能发现一个更好的自己，或者更差的自己，回来之后再到现实生活中修正，这是他理解的登山的意义。

等待期间，不时有消息传来，包括喜马拉雅山论坛的消息，我隐约听说已经有人在 11 日至 13 日的窗口期成功登顶。

我更加焦急，却无计可施。

终于，我们耐心等来的第二个窗口期是 5 月 16 日。按照计划，16 日晚上 12 点准时出发，我们做好了一切准备，吃了两餐饭，切了吉祥蛋糕，稍事休息，即刻出发。

但当我刚刚躺在睡袋里之后，强子突然问我："你睡了吗？"我说睡了。他说让我先睡一会儿，一会慢慢起来，他一起把我带过去，我们要召开紧急会议。我脑袋一蒙，心想已经错过了第一次窗口期，难道这次还有什么变数吗？难道又要推迟甚至取消吗？在此之前的几小时，无论是心理还是身体，我都已经准备妥当，几乎处于一个信心满满、时刻准备战斗的状态。此时，我不得不心存疑惑跟了出去。

达瓦紧急号召了所有人，一起讨论最新的天气，同时参考印度、希腊、美国和尼泊尔的天气预报。会上，我能感觉到氛围有些凝重，大家有些沉默。我本来就是一个急躁的人，这个时候更加着急，急于看到一个结果。可是我心里也知道，对人类而言，一切天气、飓风、暴风雪都是偶然的，你不知道它会持续多久，往哪个方向吹。

开会的时候，达瓦说，天气出现了最新变化，和早上我们做出登顶决定时所看到的已经截然不同。

通过专家计算，他们得出结论，飓风来临的时间是5月18日—21日，如果我们16日从大本营出发，飓风来临的时间我们恰好在攀登过程中。迫于无奈，必须叫停5月16日的所有计划，所有人在大本营继续原地待命。

我情绪不稳，内心充满疑问，等待窗口期已十分不容易，我们已经错过了11日至13日的窗口期，为什么还要一拖再拖呢？之后还会不会有窗口期？我还有没有机会登顶？21日之后如果天气还没有好转，6年来的一切是不是都前功尽弃？我经历了层层险阻，才走到这一步，却被困在不确定的天气信息里，谁都没有办法给我一个准确的回复。

我知道，人不能仅凭一腔热血就妄图登顶珠峰，还要结合实际情况做出科学的安排。整个团队要考虑的不仅仅是天气窗口期，还有物资储备、氧气输送，以及体能的消耗等情况。首轮在昆布冰川的拉练已经如此艰难，没有进行充分的休息，做好万全准备，就这样急急忙忙去登顶，成功率大打折扣不说，还有可能危害到整个团队里每个成员的安全。

即便理性上我知道应该如此，但在那种分秒必争的时刻，感性上完全是另一回事。

我看不到，本来内心就极度缺乏安全感。在珠峰，只能把自己的全部信任交给向导，否则我会更加无助。我开始埋怨强子和团队，为什么不让我提前在第一个窗口期出现的时候就登顶。

不只是我感到焦虑，强子也是。我焦虑的时候，强子好像也很慌。我内心的疑虑是，你是领队，你全权负责这次的攀登，为什么你让我感受到的状态，却是不稳定的？

大家在这个时候都有点过度敏感，每天一直看天气预报，看新闻消息，精神紧绷。

我当时最担心的是，如果这次来了，到最后却没有出发，没有登顶，窗口期都没了，那是不是就太可惜了，我可能会悔恨一辈子，而且没办法面对所有支持我的人，根本抬不起头来。

还没有开始就结束了，这是多么大的遗憾。

二　达瓦的劝说

达瓦站出来安抚我的情绪，说了许多鼓舞人心的话，给我们打了一针强心剂。

他说："没有问题的，张洪，为了让你最后能成功冲顶，我们一定要保证前后三天的天气都好才行，不光是你开始冲顶的前一天，冲顶的当天，包括回来的那天，必须都要好才行。"

根据他现在掌握的天气预报情况，他还不知道什么时候是好的天气，但他知道什么时候是坏的天气，所以肯定要避开那些日子。从他多年的经验来看，第一个窗口期就在5月初，然后紧接着这个窗口期就会结束，天气会变糟糕一段时间，大概在5月中前期，一定会有第二个窗口期。

这些经验是有数据印证的。自1953年人类首登珠峰开始，大多数登顶都集中在5月17日—22日。达瓦说，大概有50%以上的人是在5月21日这一天登顶，就这一天，是非常精确的数据，他肯定，第三个窗口期一定会来，而且就是在21日的前后，大概两三天或者一两天的时间。

他向我们再次强调了高空气旋的危险，高空气流并不像风暴，会持续两三天。高空气流来得很快，去得也很快，他让我们把这个时间算好，到了高营地以后要时刻关注天气预报，一旦高空气流消失了，我们就赶紧开始冲顶。

他一直在等待一个“最好的天气”，也就是说，他会尽量选择万无一失的时间点，让我去冲顶，提高我的成功率。就像射箭一样，花很多时间在认真瞄准，而不是着急把箭放出去。

他让我放一万个心，不用遗憾那个错过的窗口期，而是等待成功机会最大的时间点，这背后需要很复杂的计算。他前面所有的解释，就是为了告诉我，冲顶攀登计划背后的理念。他说，攀登一定要相信科学。

从天气预报来看，18、19 日这两天天气都不是特别好，我们大概要往后挪一天或者是两天。但是谁也不可能 100% 说得准，他努力给我们整个团队做心理建设。

达瓦反复对我说，一定要放平心态。“千万不要觉得别人都上去了，别人都出发了，为什么我们还在这儿待着，还什么都没有。千万不要看着别人都已经下来了，都收拾包回家了，都已经万事大吉，然后我们就坐不住了。”这样的心态，会对攀登产生负面影响。

此前，昆布冰川的拉练暴露了诸多新的困难，达瓦不得不为我量身定制更细化的攀登方案。我的攀爬速度较慢，为了能更大限度保障攀登所需体能，团队必须为我在四号营地多备一天的氧气和食物，而这些物资需要夏尔巴向导从二号营地到四号营地运输两次。如果我们能和正常攀登者一样，耗时 10 小时就通过昆布冰川，攀登的排期自然可以往前走，夏尔巴向导也能少跑两趟。

从海拔 6400 米的二号营地到海拔 8000 米的四号营地，往返两次运输物资所耗费的体力和时间都不容小觑。团队也想让夏尔巴向导有更多的休息时间，这样他们才会有更充沛的精力，辅助我们登顶。这个方案的好处是，即便我们真的遇到天气、速度等不可预见的因素，我们还可以在四号营地多待一天，多进行一天的调整。

总体来说，这些都是按照我的速度设计的，从大本营出发之日算起，大概 4~5 天我就应该登顶了。万一有什么事情发生的话，我可以多待一天，有更充足的时间去准备。

达瓦为我们整个团队，包括夏尔巴向导、摄影团队都准备了足够的氧气和食物，让我们能够在海拔 8000 米的地方整整多待一天一夜，这个是其他所有团队都没有的。

达瓦能理解，我们所有人的压力可能已经到了一个临界点，他每天都跟强子对接天气变化。他也说，会一直站在我这边，一直支持我。但是我必须按照我自己的节奏来完成这件事，而不是任何其他人的节奏。其他人是其他人，我是我。

达瓦解释了这么多，就是为了让我静下心来，专注，其他事情都不要想，其他东西都不要听，按照这个计划一点一点来做。我心想，好的，再坚持坚持，也很快了，就两三天。

达瓦预计的这个“最好的天气”是 25 日。在达瓦看来，25 日天气最好，24 日也可以，26 日也可以。我们可以在四号营地休息一天，但也不是强制，强子说根据我的情况而定，如果我状态不好，很累的话，我们可以休息一天，等到 25 日充电之后再出发。听到这些方案之后，我开始慢慢平静下来。

这个策略，是等其他队伍攀登以后，我们做较晚冲顶珠峰的队伍。这样的战术，往往也会取得巨大成功。它的优势在于，人潮不再汹涌，我可以保持身体的匀速运动，保持血液循环，避免了长时间不动可能造成的冻伤。而且登山靴留下的印记明显，登山者可以快速前往山顶，也更加轻松和安全。

但这一策略同样存在明显的不可控因素。虽然珠峰天气预报系统在不断发展，但印度洋的一场气旋便能打破一切，它会为喜马拉雅山区带来降雪和狂风，甚至导致南亚的雨季很早开始。毫无征兆地，登山季就会戛然而止。此外，在高海拔区域额外停留一晚，消耗额外的辅助氧气，还要保持近乎完美的健康状况，这是所有选项中风险最高的部分。

我说服自己相信达瓦的计划，因为我觉得他经验丰富，多少年来一直为登顶珠峰的人出谋划策，给出精准建议，我相信他已经有了岁月馈赠的智慧和直觉，所以也就打消了很多顾虑。

这一次会议之后，我似乎体会到，高山向导真正的艺术在于怎么把人抚慰好，把人的精神状态和体能状态都调整到最合适的状态上。有时候，不只是脚上穿上冰爪，更重要的是，心灵也穿上冰爪，确保身心双重安全。

后来我听说，16 日当天仍然有很多攀登者正常出发。而且，5 月 17 日果然有一股绕过印度西海岸的气旋右转，垂直于喜马拉雅山脉，带来了强劲的天气变化。道拉吉里的积雪据说堆了有两英尺高，马卡鲁和珠穆朗玛峰遭受了强风。很多在 16 日当天晚上出发的团队和攀登者，不得不在二号营地滞留了三天以上的时间。

假如我们也在 16 日出发，那么我们将被困在海拔 6400 米的二号营地，接受暴风雪的洗礼。那三天，有 100 多号人被困在二号营地，他们躲在帐篷里，吸着氧气，祈祷暴风雪尽快过去。在那样高的海拔，不能上山也不能下山，氧气资源又有限的情况下，若出了什么意外，后果不堪设想。

事实证明，我们等待第三个窗口期未必是不明智的决定。

虽然延迟了，但好像一切都是最好的安排。

三　胆囊炎复发

等待期间没有任何事可做，我的胆囊炎还复发了。

我受胆结石折磨许多年，平日里胆囊炎给我带来身心上的不舒适，忍气吞声也就熬过去了。但在海拔 5000 多米的珠峰大本营，症状一旦发作，比平日里痛苦许多倍。大本营里有专业的美国医生，团队把他请来为我看病，但受限于大本营里的医疗条件，他并没有办法给我做出更加详细的诊断。这对我来说是祸也是福。一旦被医生判定身体状况不适合登顶，那么我这几个月乃至几年来的努力就全都付诸东流。

这次胆囊炎发作，短期内看起来没事，但是再往上攀登，在高海拔的地区去增加运动量，谁也不能百分百地保证，一定不会再出现更严重的问题。医生给的建议是，先做一个高海拔测试，看会不会有反应，看胆囊炎发作跟海拔高低是否有关。医生说，整个设计好的攀登路线，每一站都会休息，而直升机从大本营到二号营地也是有可能的，所以即便出现紧急情况，我可以吃药，然后营救，中间会有一两天的时间缓冲，不至于不可逆。

胆囊炎发作，不会几小时就出现生命危险，有可能是几天到一周。但我不仅是胆囊炎发作，还有结石结晶的情况，大本营里没有足够的检测手段来确定它未来会怎么运动，到底会造成身体什么样的变化。

现在综合衡量所有的可能性，其实都是在计算风险程度。从攀登的角度来说，团队还是按原计划去做原本该做的事，但我好像给他们增加了无形的负担。

强子事先对我的胆囊炎一无所知，他有些无法接受。他非常严厉地告诉我，他们会仔细观察我的身体情况，但与此同时也需要我本人诚实配合。他说不要为了攀登，而隐瞒自己的病情，如果疼痛的话，一定要及时告诉他们，免得病情往糟糕的方向发展。晚上休息，他们仔细监测和观察我的睡眠状况。我意识到，我们必须相互坦诚，相互负责。

对他来说，对达瓦来说，我的生命安全是第一位的。成功登顶是第二位的，他明确了一点，他的排序是首先保证我的安全。他说："作为登山向导，如果最后真的不能够去做登顶的尝试，回家后就算你恨我一辈子，我依然觉得登顶是第二位的。比你上去了却没有下来要强得多。这是我的职业操守和道德判断。"

他们把所有的准备工作做好，准备好相应药品，比如抗生素或者其他消炎药。除了准备药以外，也会给我准备一些点滴，如果我真的有什么问题，不能吃药的话，还可以打点滴。每个人都尽自己的最大努力，目的都是让我成功登顶。

但毕竟我们在山里，手头的医疗药品和设备都非常有限。

我们也可以下山检查。但如果选择下去，马上去做 B 超，现在又处于疫情期间，无法预料出行会遇到什么问题，整个状况非常复杂、难办和纠结，谁也说不好会怎么样，也有可能检查了之后什么都没有。

达瓦说，在他的心中，我登山是一件伟大的事情，他们不会阻碍我完成一件壮举。如果我成功了，他们所有人都会面上有光，也会非常自豪。他说得很直白："我们不会拿你的生命开玩笑，不会拿你的生命去作为交换成功的筹码，这一点你要非常清楚"。

所有人的关注点都聚焦在我身上，聚焦在胆囊炎上。当我累了时，就说累了；当我痛了时，就说痛了。我明白千万不能为了登顶，而一撑再撑。

这一次判断好像教会了我很多，我学会了敞开心扉，而不是好强地去争一口气，它毕竟不是吃饭买单那样的面子。我不能对自己的生命不负责，不能对家人不负责。

想明白了这一切，再综合判断所有危险，我说，从我现在的感觉来看，我还可以往上走。

在整个商量的过程中，医生一直尊重我的决定。他们没有强势地替我做决定，而是将选择权放到我手中。医生把完整的信息和情况，还有病情未来的走向，可能发生的危险全部告诉我，也把应对紧急情况的方案纳入整个决策中来。

医生嘱咐我，要注意饮食，注意不断补充水分，氧气也要备足。如果这些基础工作做好，我内心其实也还是有一定把握的，而且，我想，万一出问题了，可以随时下来。

达瓦安慰我，不要给自己太大的心理压力和负担，否则会导致我有很多的情绪，不能很好地专注于攀登本身。

一方面是肉体上难以忍受的疼痛，另一方面是无法攀登的可能性所带来的焦虑，我在这样极度的无力中饱受煎熬。极寒、缺氧、病痛、不可预估的窗口期，种种困苦细密交织在一起，我侧身躺在帐篷里的床上，蜷缩在被子里哭，吃不下强子端来的任何食物。我发现，生命是被动的，有再多的钱再强的团队都左右不了天气。

在这样的紧张境遇中，也充满了人间温情。我的好朋友保罗，初来乍到时便热情地教我跳希腊舞，他听到我身体难受之后，来到我的帐篷。

他说：“张洪，你得振作起来，你得吃东西、喝水。”他主动帮我洗脚，试图帮我缓解疼痛。他亲手替我卷起裤脚，把我的双脚泡进热水里按摩。我们互相说着对方都听不懂的语言，但是那份真诚的情谊，却真真切切地传递到了。事后回想起来，我总是充满感动——两个人，国籍、年龄和身份如此悬殊，但在那一刻，我们似乎摒弃了一切差异，回到了人类最原始本真的状态。或许这才是大自然最神奇的力量；它的一视同仁，恰恰拉近了人与人之间的距离。

事后，范导也曾开玩笑说，“我们在这儿担心的不是你的视力，而是你的胆囊”。

医生隔天又给我检查了一次身体，幸运的是，胆囊炎的情况在慢慢好转，我们仍然可以按照原来的计划去执行。

对于未来可能出现的情况，所有人都做好了万全准备。但具体到我身上，仍然是自己的山丘自己越。

四　新冠疫情重压

与此同时，新冠疫情产生的影响仍在持续。

我们在大本营驻扎期间，一共有 17 个人确诊了阳性。虽然他们都被及时输送下山，但是来自外界新闻媒体的报道，以及我们自己内心的忧虑，都为此次登顶添加了诸多不乐观的因素。

它会直接影响到攀登，发烧、咳嗽、高海拔，全是致命打击。从中国来的攀登者都打了疫苗，但是疫苗和变异的病毒之间，我们仍然没有把握。

如果珠峰大本营的疫情还在继续扩散，尼泊尔政府会不会关闭这次珠峰的攀登季？路绳已经修好了，而且很多队伍都已经完成了前期的所有拉练，可能就差最后的冲顶，这个时候取消，对于那些没有感染新冠的攀登者，是不是不公平？

大本营也没有忽视疫情防护。出现第一例阳性之后，这里就采取了严格措施，所有人戴上口罩，保持社交距离。我们的营地是独立的，都是中国人，大家的防疫觉悟都很高，整个营地基本处于一种封闭和半封闭的管理状态，几乎每个营地都在自我隔离。

当然，来自国内的压力也不小。信息非常多，不管是朋友圈还是私信，都把这一条链接或者直接把大本营确诊的人数告诉了我们，然后就会问我，这边的情况怎么样，如果能回来就现在回来，如果能尽早回来就尽早回来。现在到了珠峰攀登最关键的时候，无从选择，只能继续攀登。

无论怎么说，这次登顶遇到了这么多登顶之外的困难和障碍，怎么都无法让人心平气和地去面对。如果继续登顶，还有一个不能忽略的因素是，后期的隔离费用、生活成本是我不能承受的。

如果放弃，同样，各个方面的压力也会向我聚拢，所有人所付出的一切，都将成为巨大损失，我能承担起这些吗？我能为那些支持我的人负责吗？彼时我处于极端两难的境地。

这诸多的困难叠加在一起，再次让我产生了自我怀疑。我开始想，我到底为什么要来攀登珠峰，我做的这一切，究竟有没有意义？

很多人问过我，登珠峰有那么大风险，你不会恐惧吗？其实登山的每一步对我来说都是恐惧的。一旦有差错，可能就是万丈深渊。但是，我已经学会接纳登山所带来的任何结果了。

所谓恐惧，无非就是人们不敢去面对的事情。当人们愿意去接纳它，恐惧也就不存在了。

五　和强子的“交锋”

有时候，我和强子的关系会变得微妙。

范导开玩笑说，我们像一对男女朋友。时而心有芥蒂，沉默冷战，不肯主动迈出一步；时而亲密无间，充满感恩和温情。

在拉练期间，强子曾经说过，因为看不见，我对外界带来的视觉刺激，似乎比普通人更加钝感一些。那时候的他，似乎还不能对“看不见”感同身受，不能理解声音带来的恐惧。

当我在队伍中停下来调整呼吸时，他会毫不客气地催促：“后面所有人都在等着你。”如果速度太慢，大大拉长到下一个营地的时间，将对体能造成极大消耗，快速通过才能降低风险。“珠峰不会因为你一个盲人给你大开绿灯。”这样直接而坦诚的交锋在我们登山过程中并不少见。

当我因为攀冰拉练受挫，想要减少拉练保存体能，降低风险的时候，我们两人曾经发生过争吵，我几乎是脱口而出：“你叫个直升机，我今天就回去。”他也有些情绪地说：“你之前没有攀过冰吗？你翻脸不能比翻书还快！”

之所以说出这样的话，是因为攀冰的下坠途中，我出现了好几次重心偏移，平衡打破，摔在冰壁上的情况，我很恐慌。而且在极度疲惫中，人和人很难照顾到彼此的情绪。强子有他所坚持的专业素养，他的计划和安排需要不折不扣地执行，在他的概念里，规则是固定的，不可轻易改变，他觉得心软反而会害了我。

我们两个人都是直男，不愿意主动去和对方沟通、解释，很多话藏在心里。初期，我们在一些问题上似乎没有达成理解和共识。总觉得两人之间，像一根绷紧的弦，时时暗流涌动。

比如，我们在昆布冰川拉练。昆布冰川又叫恐怖冰川，它恐怖在哪里？就是它不知道什么时候会崩，所以我们每一次选择通过昆布冰川的时间都是晚上，气温降低，保证了冰川的稳定性。每年的路线都不一样，2019 年通过昆布冰川时，路线相对较短，较直接，比如说，能看到一号营地了，就可以很快过去，两点之间是直线距离，但今年没有办法在很宽的冰裂缝上架设很长的梯子，所以它在冰川上面呈之字形，导致路线变长，但是今年的冰川比起 2019 年来要相对稳定。2019 年有很多冰下面是空的，路线是在悬空的冰面上。今年虽然有很多冰崩区，但路线下面的冰很实，不会有大面积的崩塌。

我最大的担心，是掉落冰缝。有时候强子告诉我，这个裂缝大概 20 厘米，只要正常迈一步就可以，有的裂缝是 50 厘米，有的时候是一米，有的时候是一米多，需要我跳才能过去。但不管他告诉我裂缝的长短大小是多少，我每一次跨过去都是跨到自己的极限，几乎都是一米以上，在我的概念里没有 20 厘米也没有 30 厘米。

这样又存在另一个问题，有一些裂缝，它中间有一个雪桥，跨的步子太大，反而会掉到另外一个裂缝。有一次，我迈过去了，踩到了前面向导的脚，向导摔倒了，然后强子的绳子也和我连接在一起，他也会被拖拽。幸好那个裂缝不是那么深，也没有发生什么意外。

在危险的路段，我们两个人的安全带和路绳是连接到一起的，如果我掉到裂缝里，强子也会掉下去，我们两个人始终在一条绳子上，从技术操作层面，其实我不用有太多顾虑。

在这样的环境之下，我没有选择，只能听从指令。出于一种自我保护，我心里面有极度的恐惧。我能感受到地面全是高低不平的碎石，但我感受不到旁边，不知道冰川有多高，不知道冰川周边的所有环境，强子也没有办法一直描述周边所有的环境，或者他描述的东西和我心里的设想会有很大出入。所以我在尽可能相信他们的同时，为了安全和自保，只能夸大动作。

我在想象里构建的世界，无法描述给强子。强子所看到的真实世界，也无法放入我的脑海中。

强子很难理解，为什么明明只有 40 厘米，我却要迈出 1 米，好像在做无用功，表面上我不听他的指令，有自己的一套行为逻辑。而实际上，是我需要稳定重心，想好了一脚迈出去后自己要面临的是什么。

一路走来，强子是陪伴我时间最多的人。他教我使用下降器、上升器，所有和攀登珠峰相关的技能。他常常说，他把我送上了顶峰，又把我安全带下来，但他有可能是我最讨厌的那个人，他甚至已经做好了这方面的心理准备。

我明白，不单单是冰缝和冰缝之间有鸿沟，人和人之间的信任鸿沟同样需要跨越。我要克服内心的不安全感。

强子为我做的事，有一些是我没有看到的。

面对我，他失去了自己的登山节奏，他只能以我的节奏为先，像导航一样实时提醒我，前面是什么样的地形、地貌、路段。长时间喊话，不断吸入冷空气，他的呼吸会变乱。他的眼睛盯着我的脚步，不断地提醒我，只要我在行走，每一步，他的注意力都在我身上。这个时候他感受不到自己的呼吸，感受不到自己的心跳，没有办法沉浸在攀登本身带来的乐趣中，他所有的注意力都是我。

在整个 60 天的攀登季里，属于他自己的时间、空间和自我都非常少。

从罗布切东峰下来，路上有很多碎冰，摄影师到前面等我们。我们走了很久，很累，气喘吁吁，我跟强子说要喝水，他拿出水杯给我倒。当我喝的时候，他转身到后面，开始吐，吐的全是黄疸水，还没吐完，我又接着说："强子能不能再给我倒一杯？"他用头巾把黄疸水一抹，转过身来，又给我倒了一杯。这些事，是摄影师看素材的时候告诉我的。我想，当时强子的身体肯定很难受了，但他依然愿意帮我，以我的需求为先。

后来，强子蒙着眼睛在碎石地里走了一圈。他每迈一步都小心翼翼，伴随着迟疑和慌张，最后脚步停下的地方，也不知自己身在何处。摘掉眼罩后，他和我之间的微小芥蒂似乎也破解了，他多了几分理解，他说："每一步都很艰辛，深一脚，浅一脚，确实不应该催他，可能我以前认为这里面缺少了信任，其实，在他的世界里面，可能这个信任已经给到了最多，或者给到了极限"。

我看不见一切，看不到路线，看不到夏尔巴向导的运输，看不到大本营，包括整个珠穆朗玛峰，所有的东西都看不到，我仿佛生活在无人的孤岛，我的世界全靠自己的想象。强子说，我的这种想象有可能是正向的，也有可能是歪的，甚至可能是扭曲的。在这一刻，强子似乎对我有更多共情。

在长时间的野外探险中，大自然无可依赖，人和人的芥蒂来得快，去得也快，裂痕和缝隙会重新弥合，会痊愈，被遗忘。唯一可以确定的是，能让我们增强彼此信任的，唯有坦率沟通，提出问题，解决问题。然后往前走，不回头。

珠峰高光时刻 8

一　冒险出发

飓风来了。

它的名字是TC01A，又名Tauktae（陶特），在5月18日到21日给我们带来大雪，道拉吉里可能有两英尺高，马卡鲁和珠穆朗玛峰将有强风。但大本营里的专家都认为这将是一个相对快速的天气事件，珠峰冲顶仍然可以在22日之后继续。

一些已经出发的登山者，他们滞留在海拔6400米的二号营地等待天气好转，在等待中消耗着体能和攀登心态。

我们原定5月16日出发，改到5月20日。飓风来临的三天，我们在大本营休整，养精蓄锐。胆囊炎缓解了，也没有再出现阳性案例，天气似乎正如预计的一样。我们蓄势待发了。

5月19日晚，大本营为我们准备了蛋糕，身边的伙伴告诉我，蛋糕上用糖霜写着“good luck”，祝你们好运。

出发前，我为家人录制了视频，视频中的我不断哽咽，几欲落泪。我对夏琼说：“今天晚上，我们就要出发，进行珠峰最后的攀登。这一去，结果无法预料。如果我能回来，我会加倍地弥补，努力让你过上相对正常的生活。如果有什么不测，或者……那我就先走一步，你也要接受这样的结果。儿子天海，我觉得他已经长大了，他有他的生活，有他的追求，我们要放手，我们要尊重他的选择，不要去干涉他的生活。我也相信我们的孩子，他也会接受一切事情的发生，因为他很懂事，也很善良，他会去过好他的人生，我会放心，我也希望你能够放心。”此番登顶，我抱着最大的希望，但也做好了最坏的打算。

我从怀里掏出手机和身份证交给范导，给了他一个拥抱，我对他说：“我尽量活着回来，如果真的有什么不测，请你带回去转交给我爱人。”说完抓住向导的胳膊，转身走了。我不想让眼泪流下来，这样不吉利。

我们再一次聚在石块垒成的祭坛前，每个人都背着高过头顶的冲顶包，松枝发出吱吱的燃烧声，夏尔巴向导默念着祈祷词，带着我们围绕祭坛转了三圈。这是尼泊尔人藏传佛教的传统，所有登山者在出发前都会向喜马拉雅山祈福，我们不是征服山，而是敬畏山，山是活的，有神灵和生命的，要让山接纳我们，允许我们进入它神圣的领地。为什么要反复拉练？为了安全，也为了建立人与山的连接。

正式出发。

我们首先来到的，仍然是随时可能会崩塌的昆布冰川，拉练过后第二次穿行，依然是在强子“往左、往右、直走”的喊声中艰难行进。我挂着路绳小步前行，并随时修正方向。这样的路段，虽然我们心都悬在嗓子眼，但必须保持极致冷静，因为一旦踩空，挂在路绳上的我们都会下坠。

在前后向导不断提醒下，我反复试探，不断摸索，缓慢通过一道道纵横交错、大小不一的冰裂缝，耳边还不时传来恐怖的冰崩和雪崩的声音。

沿途纵横交错、不计其数的冰裂缝是最危险的存在。过冰缝的时候，只能由强子指挥，我用脚反复试探，再用登山杖确定位置和稳定重心，有时需要几分钟甚至十几分钟，才能跨过别人一步就能过去的冰裂缝。

强子曾经总结过我的难。作为一个盲人，攀登艰难，难在看不到。看不到就无法对路线、地形进行评估，无法分配体能；看不到就不知周边风险何在，无法进行风险规避；看不到就特别漫长，漆黑的世界没有终点；看不到就无法快速操作装备；看不到就无法躲避其他攀登者；看不到就没有方向感，不知道下降和上升朝哪个方向；看不到就不知道路的样子，深一脚、浅一脚地攀登，在这个攀登的过程中免不了引起磕碰。

在成都的时候，强子给我准备了摩托车专用护膝，减少了和冰壁的接触撞伤——这个技巧同样运用在了此次攀爬珠峰中，并且功不可没。强子曾在夏尔巴向导的引导下蒙上眼睛模拟我在冰川行走，那时，他切身体会到了所有因素相互叠加，会让攀登变得多么凶险艰难。即便是经验丰富的强子也不得不感慨，原本 5 分钟能走完的路，蒙上眼后却走了 20 分钟，还出了一身汗，体能消耗明显增加。那么对我而言，此次攀登的艰难可想而知。

脚下的冰爪在冰雪地上发出嚓嚓的声音，那些声音是我唯一的安全感来源，也是大自然唯一的风险提示音，提醒我要更加小心。有些冰裂缝的宽度达一米多，这就需要一种长约两米的特制梯子。有些更宽的冰裂缝甚至需要两三个梯子连接起来才能跨过去，跨度一大，中间就会不断摇晃，梯子两边没有栏杆。

梯子的宽度刚好能放下两只并拢的脚掌，前后两根横梁之间的距离，刚好能容纳冰爪脚尖和脚后跟卡进齿缝间，我只能跨一步，插进缝里面，提起脚，再跨一步，如此举步维艰地前行。横梯一次只能通行一人，两头用冰锥和绳子固定在岩冰上，走起来摇摇晃晃，两边只有绳子作为辅助保护。

这就要求我每跨出一步都必须全神贯注、准确无误，落脚稍微有偏差或者是跨步过大过小，哪怕只是1厘米，就可能掉落冰缝。看得见的人，可以准确跨出，快速通过。可我就不行了，每跨一步都要反复试探，找到卡点。梯子在摇晃，加上我的重心不稳，就更不容易找到卡点，心里非常紧张。

过横梯的每一步，都可能是我生命的最后一步。

冰缝下面是什么，我无法想象。我听同行的人说，是几十米甚至几百米的裂缝，白色冰壁中透出一股冰蓝的幽暗深渊，看得见的人虽然方便卡准横梯的齿缝，但夜晚低头行进的时候，脚下的深渊也令他们害怕。我们队伍里的夏尔巴向导曾发生过意外，掉进了10多米深的冰缝里，团队合力用绳子把他拉上来，幸好没有大碍。

还有另一个插曲。在过昆布冰川的时候，摄影师的无人机曾掉进冰裂缝，裂缝有点深，很危险，下去以后不知道能不能上得来，没有人愿意冒这个风险。摄影师叫Rocker，他之前就曾登顶过珠峰，是业内知名的高山摄影师，无论是拍摄技术还是攀登体能都是一流的。他的任务是负责拍全景，包括珠峰壮丽的景色，以及我们在行进途中的状况。这一路他的辛苦难以想象，他背着攀登装备、相机、电池、无人机，远距离拍摄，他总是来回跑，有时会快速超过我，跑到我前面，然后大声地指挥，调度近距离拍摄的摄影师丁丁的位置。有时又在我们身后，拍我们行进的背影。

而此时，我们面临的情况是，如果不捡无人机，接下来的拍摄就会缺失大量的镜头。没有人说得清，裂缝里的冰是牢固还是松散。夏尔巴向导也不敢轻易尝试，挣扎一番之后，Rocker依然决定下去看看，他自己一个人，一点一点下到冰裂缝里，把无人机捡上来。在这么高的海拔，快速地跑，大声地吼叫，他对职业的专注，给我留下深刻印象。可以说，没有摄影师，就没有这一切真实的纪录影像。

无论如何，我总算顺利跨过最后一个横梁，扎实地踩在雪地上。我大口大口地喘气，庆幸自己又跨过了一道鬼门关。

或许正是因为我比别人更加小心，我全程都没有受伤，就连细微的擦伤也没有。强子事后还开玩笑，说这简直就是奇迹。他说：“攀登过程中受伤概率太高了，你在 60 天内居然毫发无伤，你登山登起来比我们普通人还安全”。

通过昆布冰川对我来说依旧是非常大的挑战，异常艰难，我心惊胆战地用 12 小时到达一号营地，因为第一次拉练对于路线的熟悉，第二次比第一次节省了 3 小时，整个团队都非常开心。

中途休息的时候，我和强子脱下已经完全湿透的装备，躲进帐篷里避风。强子问我：“你觉得登山对你来说漫长吗？”我无奈回答：“漫长，真的漫长。”

强子可以看得见四号营地，他知道大概有多远，再漫长，他心里也有一个终点。而看不见四号营地的我，则对“这个点”完全没有概念。

强子又问我：“在这个过程中你会想啥呢？”

我对他说：“我看不见峰顶还有多远，但我知道自然界的山是有限制的，它一定是有顶的，顶峰肯定是在那儿不动的。我只要向前多走一步，就会离顶峰更近一步，也就离目标、离我的梦想更进一步。”

也许这就是愚公移山的精神吧。一座山虽然很高，但不会再长高了，挖一点就会少一点。

二　氧气瓶泄漏

5 月 21 日，我们按计划到达二号营地。

当天强子说我的状态非常好，窗口期的天气也还稳定，大本营随时都会通过对讲机告知我们最新的天气。最初的计划是我们在 20 日从大本营出发，到二号营地有一天的休整时间，休整完了之后到三号营地，再从四号营地出发冲顶，这样所有人的体能储备和体能恢复就会更好。但是因为孟加拉湾气旋导致的天气变化，我们不得不取消了二号营地的休整，而是继续出发前往三号营地。

从二号营地到三号营地就没有那么顺利了。这段旅途和第一次拉练花费的时间是一样的。我想更多地依托夏尔巴向导的力量让我减轻一些体能消耗，但这个想法在山上就被团队直接否定了。强子非常坚决地对我说：登山你要靠自己的双腿走上去，别人只能给你提供安全的保障，他们不能代替你去攀登。

一路上，我用耳朵听前面的向导踩在雪上的声音，来辨别方向和落脚点，因为我希望尽量踩进向导踩过的脚印里，这样就会节省体力和时间。

5 月 22 日，我们到达三号营地。这个时候，强子说，他看到众多攀登者都在前往四号营地，我们打算避开拥堵。在攀登洛子壁时，我在路线上的上升技术运用得比较熟练，因为洛子壁有一些攀登者反复上下在冰壁上踢出来的坑，强子和夏尔巴向导给我声音指引，这样节省了很多体能，快速的上升归功于我之前的不断训练和努力，只用了 5 小时就到达营地。

就这样，经过了四天的艰难攀登，5 月 23 日，我们终于到达了海拔近 8000 米的四号营地，进入了真正的死亡地带。

向导数次告诉我，在珠峰攀登史上，超过 90% 的死亡事故是从海拔 8000 米开始的。从海拔 8000 米的四号营地到 8848.86 米，被攀登者们称为死亡地带，是真正的生命禁区。

这里有冰岩混合的横切路段，还有陡峭的冰壁，在过冰岩混合路段的时候，我的每一步都需要消耗更多的体能，因为冰爪在岩石上并不稳固，我们的速度也慢了下来。有些岩石我找不到下脚点，强子看着也心里着急，扯着嗓子大声喊着方向，有时候需要用手来引导我下脚的方向，在快到达四号营地的时候，风速大了，有时候阵风吹得人重心不稳，不得不停下脚步。

在行进的过程中，我们遇到夏尔巴向导往下运送遇难的登山者。尸体被绑在滑雪板上，平躺着，前前后后由夏尔巴向导牵拉着送下山——这是他人眼里的景象。强子只告诉我这是在给迎面相遇的人让路，大家一言不发，都很沉默。直到安全回到大本营，我才知道是在运送尸体。当时强子为了保护我的心态，不希望我受到刺激而担忧，影响攀登。我无法想象见证这一切的团队成员心情该有多么沉重。

到达四号营地后，风速超过 40 公里每小时。我们在帐篷里休整，很多帐篷被风吹得摇摇欲坠，呼呼作响，人的呼吸也会变得急促。要知道，这风速相当于中心附近风力 6 级或以上的超强台风，这么大的风有可能把人直接吹飞。一般来说，当风速超过 20 米每秒时，就足以对攀登者造成生命威胁了。而珠峰上的大风还会带来另一个致命隐患——低温冻伤。当空气快速流动时，人体周围的空气保温层便不断被新来的冷空气替代，并把热量带走。风速越大，人体散失的热量越快、越多，也就会越来越感到寒冷。一般来说，当气温在 0℃以下，风力每增加 2 级，体感温度就会下降 6—8 摄氏度。在寒风中多等待 1 分钟，冻伤甚至死亡的危险性就越大。

在另外一个帐篷中，一名夏尔巴向导脱下袜子，露出了已经被冻得面目全非的脚趾。这名夏尔巴向导是个穷人家的孩子，家里还有妹妹在上学，这是他第一次参加珠峰攀爬的辅助工作，对他来说，接一次珠峰的活，可以挣够一年的钱。攀爬的装备都是他自己采购的，他脚上穿的鞋无法满足海拔 8000 米以上的攀爬，防寒能力不足，大概在海拔 6000 米的时候，就会让他不舒服。他没有跟任何人说，他怕因为鞋子的问题失去这次挣钱的机会。

脚是在给四号营地运输氧气瓶的时候冻伤的。头一天晚上他把氧气瓶运上来，天气特别差，运上来以后无法下山，他和其他几个夏尔巴向导，在四号营地休息了几小时。半夜醒来，另外几个人起来走了，他一个人留在那里。而且，他的眼睛也受到了轻微冻伤，几乎看不见东西，仿佛失明了一样。脚有冻伤，再加上雪盲，他一个人在四号营地孤立无援。他以为自己要死了。

他忍不住落泪了。强子说中午吃的辣椒卡在喉咙里一直没下去，一直喝水，即便这样努力掩饰，也没能忍住眼泪。一路上，我们都把夏尔巴向导当作最可信赖的兄弟，强子问夏尔巴向导，为什么不把鞋的事情告诉我们，夏尔巴向导说："大家都在忙，我也不想给大家添麻烦。"

这样的场景，这样的对话，让我内心涌起万千感慨。珠峰就是这样一座山——你越想征服它，它就会不断地折磨你，把你的身心都推向极限。大自然对所有人都是一视同仁的，并没有慈悲可言。

这次攀登，让我充分意识到了人类在大自然面前的渺小和无助。可能在没来之前，你会有很多身份、很多成就，每天有见不完的人，做不完的待办事项。但是到这里来了之后，你会发现，我们其实很微不足道。你的自满，你的不服输，都会在这里受到挑战。你越是在乎自己，越是把自己当一回事，你会发现这座山给你的压力越大。

人永远无法逾越自然，来到珠峰，我首先学会了放下内心的骄傲。把所有的注意力聚焦在山、聚焦在整个大自然、聚焦在整个宇宙的时候，人反而就能放下，自己的内心反而会感受到一种大到无穷的能量，这股能量大到足以推动你去成就你想要做的那件或许关乎你人生意义的事。

我们在四号营地简单休整几小时，强子和夏尔巴向导便开始着手检查氧气，拿出调节阀检查每一瓶新的氧气瓶的气压，这一切都是为了晚上正式冲顶做准备，出发前，强子再一次弯腰帮我紧了紧卡在高山靴上的冰爪，一句话都没说，我们心情都很沉重。这一段路线对我来说更加艰难，因为一出发就是爬升，我不但要吃力攀登还要顶着大风。

正式开始攀登后，强子和夏尔巴向导依旧一前一后地替我指引，强子的眼睛盯着我的每一步，一刻都不敢移开视线。

暴风雪夹杂着碎冰和石块形成一道阻力，使我们根本无法直立行走，只能弯着腰一手抓住路绳，一手紧握住登山杖向前挪步，每走几步都得停下来休息调整很久。那种感觉，好像有人用手从我的嘴巴伸到我的胸腔，用力抓住我的肺，使劲向外拉拽，一定要把我的心和肺给拽出来一样。我快要窒息，根本无法呼吸，很想坐下来休息，可是在那个海拔高度，一旦坐下来，也许就再也没有机会站起来了。

每向前一步，我的心里都充满了感恩，是因为有无数人的支持促使我不断刷新我的攀登纪录。

我们晚上6点30分从四号营地出发，一直到第二天早上5点，在中间经历了风速从30公里每小时到50公里每小时大小不等的阵风，随着海拔的升高，风速也会变得越来越大，我们过完阳台再往前面走，当时的风速达到了50公里每小时，大风夹着雪异常凶猛，这个时候人已经站不住了，连跪带爬，风里都是冰雪混合物，强子在我后面，我们到了一个凹处休息，强子怎么点烟都点不着，大家都不说话。

另外一个夏尔巴向导站在我左前方，前些天都会激动地打招呼，但那天他一句话都不说，我感觉气氛有点紧张，不知道怎么回事。一路上也有攀登者陆续往下撤，而我们一行人则在一处冰壁下停下躲风。阵风吹得人几乎站不稳了，只能等风小了一点再继续出发。强子后来开玩笑说，那个时候如果风再大一些，可能就会把我们吹回国。

强子说，一个外国女性从这里经过，走了一半，看到风太大准备下撤，下撤的时候又回头看了我们一眼，心想这几个哥们儿还要上吗?

那个时刻，我们知道前面有路绳，知道我们有安全带，在这方面我们有保障。可是如果我们顶着大风继续走，攀登的安全会受到致命的威胁，顶着风迈出的每一步都会重心不稳，我们还有可能会失温。

所以我们只能一直祈祷，希望风小一点，风小一点，我们相信阵风不可能一直持续。太阳会照常升起，等天亮的时候，风速也许会降低。强子说，如果天亮之前风速没有降低，反而还在不断加快，那么我们在这个海拔高度最多只能再坚持一小时，之后必须选择全队下撤。

彼时彼刻，选择的压力是巨大的，但我们唯一能做的只有等待和祈祷。

这个时候我们非常纠结，因为海拔不断上升，风速加快，如果判断和决策失误的话，有可能全军覆没，连下撤的机会都没有。但是如果风速能降低，稍微有些缓解或者保持现状，也有可能全队都能登顶。这是最极限的概率：要不然是 0，要不然是 100%，没有 50%，也没有 99%。

在这个紧要关头，面对如此大的压力，强子还是决定让全队继续向上爬。强子说，当时在躲风的时候，他一直在思考上和下的问题，但是支撑他继续向上的原因有两个：第一个就是我们在出发之前综合了近四国的天气，到 25 日为止的相对风速都是 40 公里每小时，强子觉得这个风速是可以承受的，偶尔山上有阵风，也不足为奇。

强子觉得经过这么多天的等待和判断，我都已经到达这个海拔高度了，此时放弃太可惜，这是让他坚定选择继续向上的第二个理由。而且之前他经历过比这更大的风，人只能弯着腰弓着背，两只脚在走的同时，两只手在地上爬着，而现在的风还没有让我们到这种地步，只是站不稳而已，所以强子判定这种极限是可以承受的。如果之前没有经历过这样的大风，可能就会产生恐惧，让人放弃登顶。

幸亏强子的判断是正确的。阵风逐渐散去，天刚蒙蒙亮的时候，我们终于到达了海拔 8700 米的高度，距离顶峰只有 100 多米。

海拔 8000 米以上的攀登活动，强子和他的团队会提供无限量的免费氧气供应，全部氧气分别运输至二号、三号、四号营地的阳台存放，除每人一套氧气面罩之外，还要备份 3 套氧气面罩、3 个调节阀随队攀登，在攀登中都有一个夏尔巴向导背着应急救援的氧气和面罩寸步不离，以保证可以随时随地使用。

我们打算在这里更换氧气，并检查备份的氧气。但这时又发生了意外。因为当天天气不好，风速 50 公里每小时，加上降雪，氧气调节阀被冻住了。海拔 8700 米的气温非常低，这个时候调节阀和氧气瓶上面会有少量的结晶和冰晶。调节阀和氧气瓶没有办法 100% 扣在一起，氧气在不知不觉中慢慢泄漏，而这种泄漏是非常微小的，在大风中，人根本无法察觉。虽然带了 3 份备份的氧气，但是氧气泄漏已经导致剩余的氧气供应不足以让团队里的所有人一起继续攀登了。

在海拔 8700 米的死亡地带，一般人缺乏辅助氧气很难挺过 10 分钟。在这生死关头，强子从后面赶上来对我说，氧气可能有问题，为了保证我能够安全登顶，他们决定，包括他本人和两位摄影师在内的五人下撤，留下足够的氧气，让三个状态最好的夏尔巴向导带着我继续冲顶。

当时我也很害怕，我说："我们一起来的，我们一起爬，一起下。"强子听了后，内心觉得很温暖，他对我说："我们以后还有机会登顶，对你来说，你可能一生就这一次机会。"说完，强子推了我一把，让我继续前进。此时距离顶峰只有 100 多米。顶峰的诱惑，对于任何一个攀登者都是难以拒绝的，但放弃登顶的那一刻，强子说得却十分平静。"我们可以晚几天再登，你没有这么好的体能了，所以说你这一次一定要搞定。你要上，你一定要登顶！"

强子后来说，下撤之后，他中间停过两次，走了十几步，就会停下来回头看看我，知道我在继续往上走，才放心。

他也想过掉头继续攀登。如果不考虑我，只是他自己个人的行进，他可能用不了那么多氧气，他的氧气能够支撑他登顶再下撤。但必须是按照他自己的速度上，按照他自己的速度下。而不是陪伴着我，按我的速度。

摄影师丁丁也问强子，这个决定是不是太草率了。大家都想共同攀登，拍摄并见证登顶的瞬间。但如果所有人继续向上，所面临的结果是，不但我的氧气不够，整个团队的氧气可能都不够，有可能把整个团队置身于高风险的境遇中。任何一个攀登者都无法拒绝顶峰，这是心里的魔鬼和天使在打架的时刻。最终，强子放下了自己登顶的欲望。

他看着我的背影，只有一个念头，希望我成功登顶，平安归来。只有这一个想法。

那时是 5 月 24 日凌晨 5 点，冲顶攀登进行了 10 小时。强子和摄影师下撤后，最后一段的登顶由夏尔巴向导带领，前行路段变得更艰难。因为后面的岩石路段我会消耗更大的体能、更多的时间，面对更多的挑战。

三　希拉里台阶

刚刚分开的几分钟，我的脑子一片空白。没有任何考虑，也无法清晰地思考，我只能出于攀登的惯性，本能地跟随着前方一米多远夏尔巴向导的脚步，拖着疲惫的双腿向上爬，但是我走了没多远又突然惊醒，感到了从未有过的“真正的恐惧”。

我突然想到，不对呀，夏尔巴向导一句中文都不会讲，我也不会讲英文，那怎么办？那个时刻，我的感受是快完了。距离顶峰只有不到 100 米，放弃不甘心，继续走凶多吉少。

那时的风速将近 60 公里每小时，相当于 7 级风力。我和夏尔巴向导只能用最简单的单词“go、up、stop”来交流。在狂风呼啸中，大家的嘴巴被氧气面罩全部盖住，即使这样的单词，也要靠吼才能勉强听见。可是这样的交流对体能的消耗是致命的。我一下子慌神了，感到从未有过的绝望和恐惧，本就站不太稳的双脚不断发抖，怎么办？

在我进退两难、内心慌乱的时候，脑子里突然冒出一句话：“只有不怕死，才有可能活得更好。”我还问自己：“你来干啥来了？”既然选择来挑战，我就要面对各种不确定。我豁出去了，基本上已经把生死置之度外，不怕死之后，你会发现你所有的一切，所有的荣誉，所有的恐惧全都消失了，只有一个动作，那就是继续向上。

我问夏尔巴向导还有多久登顶，对方回答，半小时。我感觉，走了很多“半小时”，仍然没有登顶。后来我才知道，全世界的夏尔巴向导都是这么回答登山者的。

在一个又一个“半小时”后，我们迎来了登顶珠峰的最后一关：希拉里台阶。这是海拔 8790 米的一处高 12 米近乎垂直的岩壁，这条身处“死亡区”的山脊是登顶的必经之路。因新西兰登山家埃德蒙·希拉里和尼泊尔夏尔巴人丹增·诺盖 1953 年首次登上珠峰取道于此而得名。

从希拉里台阶顶端到珠峰，如果没有暴风雪，没有拥堵，通常情况只需要半小时。希拉里台阶是珠穆朗玛峰给所有试图征服它的攀登者摆下的最后一道“拦路虎”——只要能过了这段台阶，珠穆朗玛峰的峰顶就近在咫尺了。

这条 12 米高的山脊，远看像一片刀刃，宽度仅有 30 厘米左右，两边则是上千米的悬崖，通常只能允许一人通过，一些地方甚至只能放下半个脚掌。从人类首次登顶珠峰至今，70 年来，有近 200 位登山者将生命永远留在了希拉里台阶。我们到达的 12 天前，一位瑞士登山者和一位美籍华人因为体能衰竭，在这里失去生命。

到达希拉里台阶的时候，我已经走不动了，冰爪在岩石表面容易打滑，站不稳。我只好蹲下，一只手紧紧抓住路绳，另一只手在前面仔细触摸安全的落脚点，然后再去摸一个点支撑身体，再把脚迈出去，在这样的反复中，花了近两小时才顺利爬上了希拉里台阶。

我记得，在攀爬希拉里台阶期间，后面的夏尔巴向导曾大声对我吼道：“No，No，Stop，Stop。”我赶紧收回了已经迈出去的右脚。

下山后我才从翻译口中得知，夏尔巴向导冲我吼的地方，我迈脚的位置有些偏差，一旦跨出去就是 2000 多米的悬崖，我可能直接坠落 2500 米，自由落体 2 分钟，都没有足够的时间来回忆人生。

慢慢地，我感觉脚下出现了相对平缓的雪坡，脚下的雪更厚了，我停下来仔细听了听，感觉周围也更为空旷了，头顶的狂风让我毛骨悚然。根据我以往登山的经验，我觉得离登顶应该不远了。

于是我就叫住前面的夏尔巴向导，我晃了晃手里的路绳，喊道："hello hello，how long？"夏尔巴向导转身对我说道："last one。"我又跌跌撞撞向前走了半个多小时。头突然撞在前面夏尔巴向导的背包上，当我在坡地上站稳时，夏尔巴向导转身抱着我说："张洪，You summit。"

我已经没有力气回应他了。我听到他用对讲机在和大本营交流，听到了对方传来的欢呼声。这时候我才确定，我真的登顶了，我站上了世界之巅。那一刻，我没有什么情绪，没有兴奋，也没有激动，很平静。在来之前，我模拟过无数次喊什么口号，做什么动作，在真正登顶的这一刻，我把这一切都忘得一干二净了。

登顶的时候，我不知道几点了，也不知道氧气够不够，只感觉到周围一片压抑和阴沉。后来夏尔巴向导才告诉我，那一刻太阳很大，可我没有感觉到一点温暖。

我内心一直惦记着，出发前，营地指挥沃吉达·艾迪对我说的那番话："顶峰不是最终的目标，登顶只是一半路程，你的最终目标是回到大本营。很多人只想着登顶，他们一直使劲往上，用尽了所有力气，登顶后他们欣喜若狂，也耗尽了最后的力气，这就是为什么很多事故都是在登顶之后发生。"

攀登珠峰，登顶不是目标，回家才是目标。只要你没有回家，永远记住你还在路上。我心里清楚，更大的挑战才刚刚开始。很多人在上山的时候精神绷紧，专注登顶的目标，但是登顶以后，下山路上会有很多杂乱的想法，比如，会去想有多少欢呼和掌声在等着自己，人就会松懈。这个时候一旦摔跤，就可能再也站不起来了。

夏尔巴向导把我拉到雪坡上的一个小台阶处坐下，在峰顶他给我简单拍了几张照片。我甚至都不知道夏尔巴向导还帮我拍了一段小视频。

视频中，艳阳高照，冷风呼啸，前人留下的五颜六色的旗帜在洁白的雪地里抖动着，远处的云层在脚底翻涌。我看不见这一切，但是我让世界看见了我——看见我是如何冲破疲劳和绝望的极限，以顽强的攀登精神和坚毅的努力，站在了世界之巅，成了亚洲第一位登顶珠峰的盲人。

下山之后 9

一　云端之险

有时候，人们离顶峰只有一步之遥。

2018 年 4 月，一名意大利和一名德国登山者，从希夏邦马峰西南坡进行无氧攀登，连续攀登 13 小时后，因雪崩隐患选择下撤。那时，他们距离峰顶只有 3 米。

中国登山界传奇人物——因冻伤而双小腿截肢的夏伯渝先生，也曾经在海拔 8750 米的高度遭遇暴风，忍痛下撤。

2019 年，珠峰遭遇拥堵。一名 39 岁的爱尔兰登山者登顶之后，在下撤途中出现意外，他在海拔 8300 米左右的地方滑落，往下滑坠了 500 米身亡。这名登山者是一位大学教授，曾攀登过包括北美最高峰麦金利山在内的众多山峰，40 岁以前登上珠峰是他的梦想。登顶后，他还给自己怀孕的妻子发出了一条短信，他说："我做到了，我要回家了。"这是他留给世界最后的信息。没有人知道他为什么会脱离路绳。

另一名 28 岁的印度遇难者 Ravi Thakar，同样已经成功登顶，而且还返回了四号营地，在大多数人的眼中，四号营地几乎意味着安全了，但在四号营地休息一夜之后，他停止了呼吸，也没有人说得清是为什么。

还有 54 岁的美国登山者 Donald Cash，他在早上 8 点过后登顶珠峰，但很快出现抽搐，他的两个夏尔巴向导立即为他实施了心肺复苏，增加氧气供给，之后向导将他带下了希拉里台阶，两个多小时后，他还是没能醒过来。珠峰是 Donald Cash“7+2”挑战项目（登上七大洲最高峰和徒步到达南北极）的最后一站。

在我有限的认知中，珠穆朗玛峰是登山者心目中的圣杯，从1953年它被人类征服以来,已经有近4000名冒险家登顶7000多次。

但在这些危险的攀登中，累计有 292 人死亡，其中 200 具尸体无法找回。

在我登顶前的 12 天，有两位知名的登山者，一位来自瑞士，一位来自美国，他们都完成了七大洲最高峰其中的六座，珠峰是最后一个挑战，结果在希拉里台阶海拔 8800 米的地方，两个人在同一天遇难。

对我来说，这 8848.86 米，可能是世界上最远的距离。那里空气稀薄，氧气含量不足海平面的四分之一，难以维持人类的生命。那一段路途，我的速度明显下降，在海拔 8000 米以下，我也许经常可以一步接着一步行进，但是到了海拔 8000 米以上，基本是走一步，停三步。

而我的使命，也在这个区域迎来了结局。

在峰顶，一览众山小，这样的开阔视野，对登山者来说充满致命吸引力。我看不见，我怎么感知自己在顶峰？除了夏尔巴向导的告知，我只能通过听觉判断，风声从耳后绕到头顶上方，周围越发空旷而寂静，旗子随风招展。在我的脚下，雪坡渐渐平滑。

终于登顶，对我来说是完成了目标，但感受喜悦只有几秒钟的时间，我的内心深处被更大的恐惧笼罩。

我不知道是几点钟，对时间已经失去了概念，我也不知道自己还能不能活着下去，氧气瓶已经泄漏了，我们四个人的氧气充不充足？我的状态在他们看来算不算好，能不能坚持？他们的身体状态呢？因为语言不通，这些问题我还暂时不能一一向夏尔巴向导确认。

毫无疑问，登顶是攀登者的高光时刻，但我们不能在峰顶停留太久，10 多分钟是我的上限。否则容易发生雪盲、冻伤、体力不支等危险状况。

从头到尾，我都牢记沃吉达·艾迪的话。这和人生是一样的，在我们的生活、工作、创业中，一旦你认为到顶了，实现目标了，这恰恰是最危险的时候，稍不注意，很有可能粉身碎骨。这样的例子在我们身边比比皆是，我把这理解为，站在云端之上，身处危局之中。

我开始催促夏尔巴向导赶紧下撤。

二　下撤危局

我在海拔 8000 米以上的地方做过梦。

下撤的时候，我的思维开始模糊和混乱，脚也有些变形。我们是倒着一步一步向下后退，几乎是在无意识地移动。那个时候已经无法一步一步确认，脚下是否足够安全，完全被一种念头驱使，那就是向后退，向后退，多一步，就离四号营地近一步。

下撤的路上，风雪猛烈，我不记得摔了多少次，有一次摔倒之后，我筋疲力尽，甚至陷入了短暂的幻觉，眼睛刚刚闭上以后，感觉到前所未有的舒服。摔倒的地方是一个斜坡，我不敢动，一动可能就会往下掉，耳边是呼呼的狂风，身体冷得发抖，疲惫至极，我想闭上眼睛缓解一下。但闭上双眼的时候，我感觉不冷了，外面的狂风也听不到了，全身细胞放松了，身体好像飘起来，天边甚至飘着七彩祥云，远处的阳光照射过来无比温暖，过去我从来没有过这样的体验。

我沉浸在这美妙的梦境中，突然有声音飘进我的耳朵："阿张，你说过，回来以后给我买一辆汽车的。"我一下惊醒，这不是夏琼的声音吗？

没有沉浸几秒，我就被夏尔巴向导唤醒，依然是暴风雪，身体依然发冷，我意识到，一旦闭眼，可能不会再醒过来。我答应过妻子，从珠峰回去以后给她买一辆汽车，她拿了驾照好几年还没摸过方向盘，我不能食言。在夏尔巴向导的帮助下，我强忍着极致的疲惫起身。

起身的动作不能太大，我勉强弯曲左腿，用脚后跟的最后两个冰爪插在雪地上，撑住身体，然后再用右脚一步一步去磨蹭，寻找一个支撑点，我试着蹬了一下，蹬不动，那我就以这个地方为支点，然后向右侧侧身，用左手去抓右边的安全绳，这个时候后面的夏尔巴向导抓住我的安全带，我挣扎着爬起来了。

回到四号营地，是 5 月 24 日晚上 7 点多。从出发到返回，整整 24 小时。

听到我成功登顶的消息，强子他们异常兴奋。

但也有一个小小的遗憾，就是摄影师没有跟着我上去，登顶的画面就不算完整，有 10 多小时的画面是空缺的。可能从视觉来说，它是一个遗憾，但其实也未必。因为它可以给我们留下很多想象的空间，毕竟不是所有的真实情况都能够通过视觉看出来，包括这部电影，有可能我们看了 90 分钟，但是素材就有 300 多小时，而这 300 多小时也只是我人生中的一部分。我们通过眼睛能看的始终有限，有些东西我们看不了，也看不见。

相比起摄影的不完美，他们更急切地盼着我回到四号营地。按常规，我们应该在四号营地休息一个晚上，第二天一早再从四号营地直接赶回二号营地。可是向导说，留给我的休息时间只有不到两小时。

我们的氧气不够用了，而且一直在下暴风雪，如果继续停留，第二天的天气可能会更恶劣。

再一次崩溃了。那时我的身体、精力已经到了极限，进入帐篷，躺下以后站不起来。我能够回到四号营地已经拼尽了全身力气，不能好好休息就要马上离开，心里不免有些情绪。

我就这样先躺着。半睡半醒中，外面嘈杂的声音传进耳朵。狂风呼啸，帐篷被吹得哗哗作响，好像随时会被掀翻。夏尔巴向导的脚步匆忙，他们在外面着急准备。

大概 10 点多，我们继续出发。我的氧气面罩和墨镜之间有一点微小的缝隙没有贴合，眼角下方有轻微暴露，那块地方已经冻伤了。风一吹，有冰冷的刺痛感。当时我包里有一条西藏阜康医院 15 周年的羊毛围巾，这条羊毛围巾非常厚重。我让摄影师丁丁帮我拿出来，他放在我的手心，因为戴着厚手套，我感觉不出来有没有捏住，他转身去把拉链拉好，就在这么两秒钟的时间，围巾被风吹得消失无踪。

在四号营地下撤时，摄影师丁丁换了一瓶新的氧气，但因为氧气调节器和氧气瓶连接不紧密，再次导致氧气泄漏，到三号营地的时候一瓶新的氧气几乎所剩无几。

5 个多小时后，凌晨 4 点，我们到达三号营地。躺在帐篷里的我，呼吸急促。我能听到自己呼吸的声音，感到快要窒息。我戴着氧气面罩睡觉，一呼一吸之间，总有漫长的停顿，好像随时会呼吸暂停。强子在我身边，过一会儿就来检查一下，他也会不断地叫醒我，确认我没事。他把手伸到我的氧气面罩里，确认面罩是畅通的，没有被堵住。每次听到不对劲的呼吸声，他都会来调整。

平稳的一夜终于过去了。这是我从冲顶以来，第一次能好好休息补充能量。

第二天早上，帐篷外响起了听不懂的各种外国语言。我们在营地外碰到了一组国际队员，有希腊的、印度的、哥伦比亚的，他们准备当天冲顶，我的朋友保罗也在里面。

摄影师告诉我，我出帐篷的时候，保罗一直远远地盯着我，然后走过来紧紧抱着我，发自内心地向我祝贺。后来强子告诉我，那时候的天气更加恶劣，保罗他们根本不具备登顶的条件，最后他们只能从三号营地打道回府。保罗没有因为无功而返丧气，仍然很真诚地为我高兴。

他是希腊的企业家，60 多岁了，仍然能量很足，一路上我们从加德满都徒步到大本营。他买了很多学习用品发给尼泊尔的学生，他背着一个木头的环保包，让所有的小孩在他包上写下祝福语。他跟学生们说："我有一个兄弟看不见，希望你们所有人都能给他祝福。"我很感动。

此后的路途暴风雪不停。那几天，孟加拉湾气旋导致气候异常，返回途中我的连体羽绒服已经全部湿透，衣服紧紧贴在身上。

途经洛子壁的时候，又发生了一次小小的意外。洛子壁，是垂直落差 1300 米的巨大冰壁，雪坡极其冰冷，坡度在 45 至 55 度之间，非常陡峭。你需要借助登山绳，同时有条不紊地把冰爪踢进冰里，通过洛子壁正常人将花费 3~6 小时，如果顺畅的话。

我们仍然是保持往后退的姿势，当天风很大，人很难站稳，说话也听不到彼此的声音，所以我几乎是趴在冰壁上。我们的随行摄影师为了换个位置，拍一下洛子壁路绳的镜头，就从我们的主绳上换到另外一条绳子上，结果到另外那条绳子以后，插在冰壁里的绳子结点好像冻住了，锁解不开。他在的那个位置也没有人过得去，情况很危险，大家都很着急，后来是另外一个向导，用绳子把刀给他抛过去，他把绳子割断了才脱险，那是非常危险的一幕。

后来在过昆布冰川的时候，冰崩就发生在身边，感觉很近很近，因为太黑，连强子他们也根本不知道冰崩距离我们有多远，只知道大约在 4 点钟方向，气浪里的雪和碎冰覆盖了我们全身，那种感觉异常恐惧，很怕冰崩引起的连锁反应会让我们身边的冰也崩塌。当时，有一队印度军人仍然在向上攀登，可能是在训练，强子跟我说有十七八个人。路只有一条，一根绳子，我们就靠右坐在旁边的斜坡上，让他们先过。结果一坐，好几个人包括我立马就睡着了。

我的贴身夏尔巴向导，他一直在我前面走，下冰壁的时候会和我有一个时间差，大概两三分钟的时间，他下来以后会停下来等我，有好几次，就这么两三分钟，我下去之后，他在坐着的地方睡着了，我都怕吵醒他。我知道他很累，我也想让他多睡会儿，但这不是休息的地方，危险依然无处不在，我不得不拍醒他继续下撤。

在我的背后和面前都有夏尔巴向导在指导我的方向，告诉我向左或向右。我记得有一次，夏尔巴向导说向左，结果我还一直往右，他跑下来拍着我的手告诉我，这是左，这是左，我的意识已经模糊到这个地步，失去了判断力。

那时候的强子甚至都已经没有力气说话了。筋疲力尽的时候，仍然要全力盯着我的脚，指挥着我的方向。后来，摄影师丁丁充当了一段时间的向导，在后面帮我指挥怎么走。代替强子指挥了一段之后，他说，确实太累了。不但要看着我的脚怎么走，还要不停地说，当他看到我的脚可能有危险的时候，心里会紧张，一紧张，就会消耗更多体能，而且一分一秒都不能放松，必须全神贯注。丁丁从他的角度上，体验了一番强子承担的压力。我们整个队伍似乎都已经到了极限。

时间在“还有多久”和“快到了”之间溜走，我感觉自己已经等不到那句真正的“到了”。我不问了，也忘记了时间和空间的存在。

只有我，只有风，只有脚下沉重的冰爪。

顶着暴风雪、疲惫、寒冷、饥饿一夜之后，我在一个休息的地方坐下，听到了一个似曾相识的声音，他把一个杯子递到我的手心，入口，是暖暖的奶茶，下咽，一股暖流，仿佛把我从昏迷中唤醒。那个声音很熟悉，是大本营厨师的声音。直到这个时候我才真正意识到，我做到了。

5 月 27 日，我终于回到了出发的地方——南坡大本营。那一天，我吃了很多东西，饼干、奶茶，我不知道我喝了多少杯，一杯接一杯，把掏空的身体渐渐填满。脱去冰爪，双脚彻底回归大地。

之后，距离大本营还有一小段路。我一直在断断续续回忆自己的人生，想到自己那些曲折的求索，那些被压抑的人生理想，想到对家人的承诺和这次冒险的攀登，46 年的点滴像无声电影一样在脑海里一帧帧闪过，所有心酸、不安、证明自己的迫切和成功后的喜悦心情全部交织在一起。这短短的一截路，仿佛是我的另一次重生，我越走越快，所有的劳累一扫而光，只想赶紧抵达，赶紧见到范导，一路上我都在哭，眼泪一直流，无法控制。

范导出来见到我之后，我们抱在一起号啕大哭。我一直说，太难了，太难了，他说他知道，他知道。其实正常人应该很难想象盲人攀登珠峰经历了什么，但我相信跟拍了两年多之后他一定能感同身受，不仅仅是登珠峰这条实际路线的难，而且是顶着怀疑和非议走出来一条重生之路的难。

到了大本营，我才知道。从二号营地下撤的路上，强子正面临着艰难抉择。

对任何一个攀登者来说，没有一个人不想登顶，强子心里仍然对顶峰有念想。我们回到二号营地时，已经基本安全。强子当时想过把我委派给别的向导，接力带我回大本营。他则在二号营地等待下一个窗口期，继续尝试登顶，这种克制是艰难的。

第一次放弃登顶是在海拔 8700 米的高度，因为氧气的原因，他没有太多思考，本能地选择了下撤，把氧气瓶让给了我，这一次的克制是自然的。后来我才知道，他经历了第二次挣扎，而且第二次的克制更难。当我已经相对安全，而他还未完成登顶的时候，该如何抉择？该义无反顾地向上还是继续陪伴我下撤？作为一个攀登者，他完全有能力也有机会继续冲顶；但作为向导，他觉得自己的任务还没完成。他要带我从二号营地再次通过昆布冰川，回到大本营。他心里想的是必须履行承诺，放弃攀登者的身份，切换回向导的身份，站好最后一班岗，这份承诺才算真正兑现。

最后，他选择了和我一起回大本营，放弃了从二号营地继续出发的机会。知道这一切的时候，我更真切地感受到，无论我们在攀登的旅途中，有多少微小的摩擦和芥蒂，那些偶尔的拌嘴和脾气，在重大的是非和选择面前不值一提，都烟消云散了。强子履行了他的承诺，甚至超越了他的极限，对得起“高山向导”这四个字。我很感动，如果没有他的话，我不一定能顺利通过最后一次的昆布冰川，不一定能回来。

其实，很多外国人，会在二号营地选择坐直升机下撤。但对我来说，圆满完成，意味着完整的攀登，走上去也要走下来，有始有终。无论是强子，还是我，都无愧于自己的初心。

当我们下撤回到大本营后，很多队伍仍滞留在二号营地，接下来的几天不断有坏消息传来，四号营地帐篷全部被吹飞，洛子壁发生小面积雪崩，三号营地暴风雪掩埋了帐篷……

在大本营，依然每天都是暴风雪天气，暴风雪后起了雾，直升机进不来，我们就出不去，我们又在那里等了两天。第三天，直升机可以飞的时候，我们先让两个受伤的夏尔巴向导走，他们一个掉过冰裂缝，一个脚冻伤。轮到我们的时候，我们兴冲冲地前往停机坪等直升机，过一会儿说不能飞，我们就继续等，反复几次后，终于踏进了直升机舱门。因为海拔高，直升机稳定性差，一次只能搭载两个人，先到旁波切，再到卢卡拉，我们像快递一样一站一站被送了出来。

三　滞留尼泊尔

5 月底的加德满都，疫情肆虐，处处封锁，静默的气息在蔓延，我们的车辆挂着特别通行证，在城市里穿梭，最后抵达酒店。

天气有些炎热，我每天穿着短袖。从厚厚的连体羽绒服，到一身轻松的薄 T 恤，实现了身体的巨大解放。

当时的我还不知道，另一个沉重的压力正在向我袭来。

在登顶之前，我们的团队就在查询回国的机票。因为尼泊尔有可能封国，最后一班飞往中国的航班可能是 6 月 1 日。我们都渴望在那一天离开，每个人都有阔别已久的亲人在国内等待。大家的心情都很急切。

按照当时的政策，你想 6 月 1 日坐飞机，那你必须在登机前 24 小时内和前 14 天分别做一次核酸检测。

一倒推，那就是 5 月 17 日一次核酸检测，5 月 31 日一次核酸检测。我们想了很多办法，顺利完成了两次核酸检测。

当我们回到加德满都时，大家都在焦虑航班会不会取消，气氛有些紧张，他们每隔一会儿就刷手机，看最新的政策。没想到，

6月1日的航班还是取消了，我们都没有回国。之后又订了七八次航班，都是一样的结局。

因为航班熔断，长期滞留，身边的每个人每天都在查询不同的转机路线，想办法尽快回国，这样的氛围就像不断充气的气球，膨胀膨胀，似乎快要爆炸，而且这种情绪会蔓延。

滞留加德满都期间，对我内心的考验不亚于登顶珠峰。

在加德满都，有人质疑我，说我没有登顶。有一些滞留在尼泊尔的中国队员，会在坊间传递这个信息，因为5月下旬那几天天气太差，他们都觉得不太可能成功登顶。直到有一次，他们问范导拍得怎么样，范导拿出夏尔巴向导拍的登顶视频当作铁证，大家默不作声，有些尴尬。

而我因为不能回国，内心焦虑，再加上登顶路上的各种意外和波折，把一些不满归因在别人身上，我和向导团队有时候也意见不合，甚至和范导也出现了沟通障碍。我好像失去了对世界的信任，急躁、偏激，内心世界失衡。

范导说，虽然我登上了珠峰，可是我的心还是锁着的。我的内心有太多的“应该”，比如，应该赶紧回国，不应该花费过多的费用，氧气瓶不应该出现问题，可是现实完全背离这些“应该”，往相反的方向走去。

他说，与其主观随意地去评判，不如去顺应自然，遵循事物的客观规律。当所有团队成员被焦虑裹挟，负面情绪在我们中间传递的时候，范导能够维持一个比较稳定的情绪状态。我的自我保护，我的恐惧，我的脆弱，他全都捕捉到了。

他推荐我听《道德经》。

也是在这个时候，我认识了很多友善的山友。比如，当年中国登顶珠峰年龄最大的女性陈旻，她 52 岁，常常自己煮鸡蛋送给我吃，在没有亲人的异国他乡，我感受到了满满的暖意。通过她，我又认识了来自香港的山友曾燕红（Ada），她当年用了 25 小时从大本营登顶珠峰，是全世界女性速攀纪录的保持者。这次攀登，我体会到了英语的重要性，否则无法和夏尔巴向导等友人交流，我想趁着无法回国这段时间，好好学英语。Ada 原来当过英文老师，我拜她为师，开始认真学英语，每天和她碰面一小时。她每天时间管理得很好，虽然在尼泊尔，但是公司的事仍然有条不紊地远程处理，在跟她接触的过程中，我终于明白她为何能保持速攀纪录了。有时候我们的英语学习刚刚结束，她就去开另一个会，无缝衔接，从她身上我不仅学到了英语，还学到了严谨的时间观念。

我还认识了一位对我帮助很大的篼篼姐，她在加德满都开民宿。

7 月 23 日，经朋友介绍，我来到了篼篼姐的民宿。篼篼姐是上海人，我们可以讲普通话，方便沟通，而且她的员工还会做中餐，饮食上也比较方便。民宿是三层半的小别墅，有六个房间，一个大花园，花园里还搭建了一个小凉亭，伸缩雨棚下放着两张小餐桌。我觉得这个地方应该很贵，没法承担这样的费用。篼篼姐宽慰我说：“你就在这边住，什么都不用考虑。”因为封锁，没有客人，她觉得我去了只是添一副碗筷，她只要我保持安全健康就可以。从头到尾没有收过我一分钱。

我自尊心强，本来就不太愿意麻烦别人，而我在篼篼姐那里，每天都被照顾得很好，他们还要经常带我去医院做核酸检测，帮我支付费用，万一我摔了或者是有什么问题，那对她也是一个很大的打击，她会觉得是她的责任。别人越对我好，我心理压力就越大。

我变得更加谨慎小心，希望不要给别人增加多余的麻烦。

8 月中下旬，范导他们去了埃及，打算从埃及转机回国。当时范导问过我的想法，但埃及仍然是一个不确定的方案，我选择一个人继续留在加德满都。

那时候我心态更加失衡，所有人都走了，我还在那，篼篼姐一直都跟我说，要有耐心不要着急，哪怕在她这里住半年一年都没有关系。

我心里很过意不去，因为在那时已经给她添了很多麻烦。

有两次，我都迫不及待离开，我想过一个人从埃及和巴基斯坦离开。两次我都买好机票了。

比如，第一次去埃及，我自作主张要走，她其实很不放心，埃及那边人生地不熟，去了要隔离多少天，万一走不了怎么办？在尼泊尔她说任何情况她都可以帮到我，但是埃及一切都是未知数。但是我听说有的人已经从埃及顺利回国了，我心里非常着急，我也想过去。还找了中介帮我办理从埃及回国的手续。

篼篼姐一直在试图说服我，不要冒险。她还加了那个中介的微信去验证真假，她发现，那个中介本人在国内，而且从防疫政策、使馆情况各方面来说，都有点坑，不太靠谱，怕我被骗。后来篼篼姐找来另一个打算从埃及回国的浙江人，我们一起订机票、酒店、准备回国文件等。

第二天早上就要出发了，头天晚上她还在劝我，她说不要浮躁，静下心来，甚至有些生气。我再次询问中介，对方一开始说一个月内就能回国，又改口说两个月。我内心也觉得有些忐忑，最终还是听从篼篼姐的建议取消了行程，没有去埃及。结果证明，我没有去埃及是对的，当时那个浙江朋友去了，他在那边滞留了 8 个多月，因为加德满都政策缓解，又辗转返回尼泊尔回国，浪费了很多时间。

12 月，登珠峰的中国人就只有我一个人在尼泊尔了，那我怎么办？又有人建议我去巴基斯坦，朋友给我推荐了另一个中介，有了埃及之行的经验教训，我非常谨慎。另一边，篼篼姐在找迪拜回国的靠谱渠道，我们两边在同时咨询，哪边快我就走哪边。

在我即将要前往巴基斯坦的时候，那边的防疫政策变了，巴基斯坦这条线走不通了。篼篼姐不太放心，她和我说，只要不是从尼泊尔直接回国，去任何地方中转都冒着极大风险。其实按常理来说，我在民宿住着，只会给她带来麻烦和负担，越早走对她越轻松。但是她一直在担忧我的安危，一直在反复强调，我看不见，在外面不知道会遇到什么，巴基斯坦没有认识的人，如果出现突发情况没有人能帮我。临走前，我再次取消了飞往巴基斯坦的航班。

后来去了巴基斯坦的人，被骗，被绑架，出现了各种意外，我再一次感到庆幸。

回国的日子遥遥无期，在我最焦虑的时候，我曾在听到航班政策改变时，用力捶桌子，不停地砸自己的头，吓得旁边的人一动不敢动。

篼篼姐的性格大大咧咧，像个女汉子，我在那里每天保持规律作息和健康饮食。熟悉了之后，我好像在那找到了一些安全感。但篼篼姐发现我不开心，尤其是每次提起氧气瓶，我都似乎有一些不满，我好像还没放下心结，为什么氧气瓶会泄漏？为什么保障没有做好？内心依然在纠结这些事情。那段时间，国内也有一些零星的报道，篼篼姐觉得我好像开始膨胀了，不太感恩和珍惜别人的付出。她说过最严重的话是："张洪，你眼盲心也盲"。

我知道能这么开诚布公对我说这些话的人不多，我一边反思，一边继续从《道德经》里寻找答案。

"五色令人目盲，五音令人耳聋，五味令人口爽，驰骋畋猎令人心发狂。”“廉而不刿，直而不肆，光而不耀。”我从这些经典里反思自己的人生，心绪渐渐平和下来。

我每天早上起床，打太极，练习鳄鱼爬，工作人员看我在院子里爬，在旁边有说有笑，帮我拍点小视频，日子就这么轻松地过。

有时候我会和篼篼姐分享《道德经》里的内容，我觉得里面干蠢事的人就是我。篼篼说，虽然我有时候性格偏激，极端，但是我勇于承认自己的错误，能反省。

10月10日是我的生日。那天有些冷，我去院子里和小狗说话，聊天，读英文给它听，也跟它讲《道德经》。

在尼泊尔，身边看起来好像有很多人，但是能顺畅沟通的很少，民宿里的工作人员都是尼泊尔人。有时候，我想找篼篼姐说话，但是看不见，也不知道她在干吗，常常去她身边转，她不出声，我也不敢搭话，在她身边转过来转过去，想说不敢说，很矛盾的心情。

篼篼姐看得出来我缺乏安全感，尽可能地照顾我的情绪。生日那一天，她请我吃了一顿西餐，我心里觉得很感动。她总是考虑得很周全，不会让我感到委屈。

12月，从泰国转机的事情基本已经确定。临别前那一天晚上，篼篼姐和我聊了很久，我还录了音，希望能够记住这些帮助我、真切关心我、给我带来反思的人。她说，希望我可以走得更远。

从7月23日到12月24日，这整整5个月滞留的时间，我似乎经历了一种精神层面上的蜕变。

四 回到家庭港湾

再和夏琼见面是2022年2月。谁也没有料到，一个珠峰登山季，让我们分开了几乎一年。

回想告别前，我们一起回到父亲坟前。她曾和我拉钩“盖章”，她在车下，我坐在车上。隔着车门，她声音哽咽，哭着对我说：“不管上不上得去，都要平安回来。”“你自己的妈自己回来养，你自己的儿子自己回来教！”

我戴着墨镜，沉默。关上车窗，行驶百米后，我在车上默默流泪。

她后来和我说，那天的月亮是红色的，挂在深黑的天空上，映衬着地面星星点点的灯光和熙熙攘攘的人群，也映衬着她离别的心情。

这么多年来，在这个世界上，最在乎我的可能只有她。每次我离开，她都不愿意送，我走了之后，她会到一个角落哭很久。比如说，送我上火车以后，她说你要注意安全，转过身，她要哭很长时间，才会平静下来。我常常自问，她在图什么？我有什么值得让她这么去做的理由？我所做的这一切对她来说公不公平？

我走了之后，不知道夏琼一个人如何面对空荡荡的家。她说，她很害怕在家待着，害怕面对四面白墙，甚至害怕面对我背过的包、我穿过的衣服、我盖过的被子。她常常第一个到科室，最后一个回家。有时候下班太晚，赶不上通勤车，她就步行回家，那都是我们过去一起常走的路。但那时一起走过的地方没有我，只有她一个人形单影只。华灯初上，匆匆回家的人，家里都有盼头，而她没有。

她只好点亮台灯，夜夜读书。有时她去健身房，骑动感单车、撸铁，通过运动出汗，分解忧愁。时不时看到我从尼泊尔发来的照片，报平安，她才渐渐放心。她看到我发的照片里有吊桥，有外国的小朋友，有雪山的风景。她说，这些都是一种慰藉。有一张照片，我站在帐篷外面，面对大山，抬头仰望星空，她看了之后觉得，其实她不孤单。她的心，从此安定下来，不再那么担忧。

她把我盖过的被子放在床的另一边，把我穿过的衣服都拿衣架好好撑起来，挂好，把我的气息留住，假装我并没有离开。

在此期间，我的母亲常常给夏琼打电话："张洪在哪里啊？张洪在哪里啊？让他接电话。"她不知道珠峰在哪里，有什么危险，但是她惦记着我的安危。夏琼每天给她报平安，拉家常。

终于熬到了 5 月，她每天上班下班加班。每天都是所有人都走了，说一句："夏姐，你辛苦了，我们先走了。你走的时候记得关灯。"每天重复这样的日子，很多人都觉得她傻，自己选择了一条看不见尽头的路。她只好更努力工作，5 月还拿到了全部门工作量第一。

5 月 24 日那一天，夏琼在第一时间接到我登顶成功的电话。

此前一天，她知道我们准备冲顶。那一夜，下班回家之后，她抱着手机，等着电话，直到天空露出鱼肚白，几乎一夜没合眼。没有电话，但她知道我在路上，相信我能安全下来。她起床，穿上了一件红色毛衣，红色吉祥。

这一天，她特别忙，患者多。诊室里面挤得水泄不通，到处都是病人，她在小孩的哭闹声中，关注着实时新闻。当她正在询问病情的时候，范导打去电话："北京时间 11 点多，张洪登顶珠峰"。这个时候，她再也控制不住自己，那根绷紧的弦，突然放松下来。她当着患者的面，哭得泣不成声，眼泪就像不间断的雨柱，挡都挡不住，病人吓了一跳，忙问她怎么了。

她说："我老公登顶珠峰了。"周围都是"你老公了不起"的称赞，同事也投来羡慕的目光。她一个人，走到帘子后面，想让自己的情绪尽快平复下来。她感到自己的手是颤抖的，心跳也加快，她不知道怎么表达心情，唯一的希望是，我能安全回家。

登顶的消息传得沸沸扬扬，她说我登顶的消息在热搜第三名，科室里的人都沸腾了。

再次听到她的声音是 5 月 27 日，电话两头，我们都没有过多的话语，有时她只是静静地听着我的呼吸。她说，第一次听着这样安全的呼吸的声音，单是沉默，都觉得幸福。

无论如何，登顶珠峰，我的承诺，做到了。

我不是在画饼，我已经通过这样一个艰难险阻的过程，向外界证明了自己，履行了我对自己和家人的承诺。尤其是夏琼，我希望她从此以后能抬头挺胸做自己，不再被人质疑和看不起。

夏天过去，秋天的落叶飘零，冬天如期而至，夏琼没有等到我回国的消息。别人都开玩笑，跟她说，我是不是不回来了，是不是在国外遇到了什么。

但是夏琼知道我在国外的焦虑。等我完成隔离，回到成都，夏琼和母亲买了一冰箱的菜等着我。见面时，夏琼说，她穿着一双拖鞋就出来了，手不自觉地抖，不知道这么久没见我是什么样子。

她冲下楼，天空下着蒙蒙细雨。我从小区门口的救护车上下来，穿着白色的防护服。近了，我们却不能拥抱，要保持距离。夏琼走在前面，社区的人给我一路消毒。做完交接，我终于回到了自己家里。夏琼给我准备了一个单独的房间，我还得在家单独隔离。

等到最后一天，门开了，我们一家人终于可以坐在一起吃饭。饭桌上，我讲起登珠峰的这些经历，种种不易，和帮助过我的人。饭后，儿子收拾碗筷，我给母亲按摩。当我听着英语老师讲课的内容时，夏琼和儿子也会一起进来，安静跟读。夏琼说，母亲脸上从我回家就一直挂着笑容。此前经历的种种困苦，在这一刻，只有两个字：值得。我回到了幸福港湾。

2023 年春节的时候，我又回到父亲的坟前。出发前，我曾在这里和他告别，那时生死未卜，一切都是未知。父亲辛苦劳累这么多年，一直在折腾，也一直想干成一件事，但是他在有生之年没做成。我接过这根接力棒，做成了一件不大不小的事，再次回到父亲坟前，百感交集，有遗憾，他没能等到这一天，但也长舒一口气，我没有辜负他。我们在坟前，放了鞭炮，过去的一切不甘、不平，在噼里啪啦的声音和升腾起的烟雾中一同释放。

大多数的亲戚，不知道珠穆朗玛峰，不知道现在的我在干什么，他们没有这些概念。唯一能意识到这一切转变的是我叔叔，他本身也是盲人，他发自内心为我感到开心。

儿子天海，在我登山之前，不爱运动，有些胖，我们父子相互抵触，沟通有很多障碍。暑假，在他开学之前，我带他去参加敦煌 108 公里的徒步活动，整整 4 天时间，我能够感觉到他很累，喘息声音很大，身体也很沉重，但他不仅走了下来，而且没有说过一句累的话，在过程中还很照顾我，带领着我走。这样的转变是我无法想象的，在以前，他可能就会甩手发脾气，不走了。

我做的事在潜移默化影响他，他在成长，变得懂事。现在我和他之间的沟通，没有那么压抑和对立了。以前他成绩不好，我会歇斯底里，争吵谩骂，觉得不上大学，人生就毫无希望，但现在我觉得，他有权利做一个普通人，不一定要出人头地。他喜欢动漫，他就可以去自由地喜欢。

夏琼很清楚，因为我的敏感、不安全感，我情绪不稳定，常常责怪别人，我散发出的磁场，是一种很低气压的氛围，于是孩子不敢和我沟通，我和爱人之间的争吵也常常一触即发。

但这一切正在迎来转变。

光环之下 10

一　与自我和解

在珠峰，吹向我的暴风雪，也吹向强子；冰冷的寒气将我包裹，也包裹着夏尔巴向导；脚下的冰雪打滑，我们需要借助一样的冰爪；稀缺的氧气，我们同呼吸。

这一切都在告诉我，大自然有冷酷的一面，也有温情的一面，它对每个人都是公平的。

过去的我总认为自己不幸，抱怨家人，抱怨命运，找外界的原因，找社会的原因，迟迟无法接纳自己是一个盲人，郁郁不得志，生活在社会边缘。直到珠峰的自然环境向我揭示：大自然面前人人平等。

社会眼光也许分高下，仰慕、尊重，抑或是鄙视和怜悯，但是大自然没有因为我是一个盲人而区别对待。珠峰没有给我开绿灯，也没有给我增加障碍。

从海拔 8848.86 米的珠峰下来后，我与从前的自己握手言和了。我的内心有一种强烈的召唤，我听到了，并付出行动去回应它，于是内心得以平和。如果没有登珠峰，可能我还在寻找和挣扎。

滞留尼泊尔期间，我有了大把的时间，和自己对话，处理和自我的关系。从 2021 年 5 月下旬到回国之前，我有 8 个多月的时间在尼泊尔过着隔离的日子，现在回想起来，我很感谢能有这样一段时光。如果当时冲顶成功后马上回到国内，会迎来大量的采访和掌声，那样我将没有机会停下来思考。尼泊尔滞留让这份成功的喜悦降了温，也让膨胀的自己回归到本真的模样。

从前的我内心世界很封闭。独自出门都会担心，更别说出国了。语言不通，看不到，会被怎样对待？但这段经历中，有那么几次，我的顾虑渐渐消散。

有一次，范导帮我打了个出租车去他们的酒店。我一个人，上车以后，我英文不好，司机英文也不好，交流很受限，我把五星红旗的图案贴在自己的腰包上，衣袖上也有五星红旗的标志，出租车司机看见后，对我非常友好。到达目的地之后，司机把我从车里扶下来，陪着我等待，直到朋友来碰头。

还有一次，我跟范导两个人去加德满都郊外的一座山上。两山夹一沟，山头有个观景台，可以俯瞰整个加德满都。我们在那里住了两天以后，准备下山回城。

当天，天气很好，风景怡人，范导提议徒步回城，有 10 多公里的距离。疫情严重，路上没有什么人，走了两小时后，我们到了一个小镇，那里公路狭窄，也没有什么车。在一个十字路口，范导去问路，看看从哪个方向走更近，也打算问问有没有出租车。

范导去了马路对面，我站在原地等待。他刚过去以后，突然来了一辆货车，一直按喇叭，我不敢动，路本身很窄，前后左右都危险，车离我越来越近，喇叭声越来越大，我待在原地不知如何是好。心里恐惧不安，寄希望于好运，希望司机能看出我是盲人。

这个时候有个人走近我身边，他张开双臂，站在我身前，把我护住，慢慢地带着我的身体向后移，直到我的后背贴近一个房子的角落，等车完全开过去之后，他才慢慢松开我。

这些细微的时刻，陌生人的温暖，渐渐打开了我那封闭的坚硬的心。我的担心和不安都是多余的，当你走出去时，当你愿意给出更多的信任时，你会收获同等的善意。

二　两副面孔

回国之后，似乎有两个我。

一个我是亚洲首位登顶珠峰的盲人，荣誉纷至沓来，我措手不及，出席各种公共场合，演讲，接受采访，光鲜亮丽；另一个我，是会按摩的医生张洪，是夏琼的丈夫张洪，是天海的父亲张洪。大多数的时候，我在成都，过着日常而隐秘的生活。我依然每天早晨起来运动一个半小时，以力量训练为主，也会和夏琼一起去菜市场买菜做饭。有时候也会和夏琼吵架，生活上的琐事和分歧，是人际相处中永恒的课题。

登顶珠峰的标签和衣食住行不矛盾，我要学会在两副面孔中切换。

回国后，我们全家在拉萨的生活按下了暂停键。夏琼辛苦了一辈子，2022 年年底，她从岗位上退休。退休之前，她一直是我们家的经济支柱，靠拼命工作来增加收入，我却总是在折腾，没有给她一个稳稳的家，她的安全感全靠自己去挣。在上班的时候，她永远是最敬业的一个，加班最多的一个，她过得很辛苦，委屈总往肚子里吞，这是她过去多年的状态。

我的内心也很着急，急于做出成就让她摆脱现状，但有时候却和她的需求背道而驰，这反而让我们之间处于一种紧绷的状态，总好像方向不对，越努力裂痕越大。

现在这一切，可以松弛下来，她不必再一个人承受压力，她可以陪着我去全国各个地方走一走。我兑现了之前对她的承诺。

从珠峰回来以后，我给她买了一辆二手车，她取得驾驶证多年，但是一直没摸过车，所以买了之后，也不敢上路。我说我陪你练，每天我坐在副驾驶上“瞎”指挥，真的是“瞎”指挥。

因为车是手动挡的，第一天上路，一个路口熄火好几次，夏琼开得满头大汗。我说没事，不要紧，就这样她用了一个多小时开了 20 公里，居然开到了目的地，算是迈出了一大步，我还开玩笑说：“我这个教练怎么样？”

这样来来回回练了一段时间之后，她也越来越顺手了。在拉萨，她开着车带我们去林芝，全部是山路，她第一次跑 318 国道，路两边都是悬崖、坡陡，我说没事，我都不怕，你怕啥。每多开一公里，信心就会增加一分。按照我和她以前的相处方式，我会更多地指责和批评，我希望什么事情都一步到位做好，总是对她说：“为什么我这么说你听不懂呢？”现在的我，会主动去配合，去鼓励，去肯定。

一个明显的转变是，我没有以前那么急躁和自私了。以前的我，自尊心强，固执，自以为是，相信自己什么都可以，也不太会考虑别人的感受，现在我学会承认自己的脆弱，也敢于示弱。

每次我们出门，我总是着急忙慌的，让她快点，快点起床，快点穿鞋，快点出去锻炼，什么都要快快快。她就会说：“我已经在穿鞋了，为什么一直催呢？”她其实在动，但是我看不见，这时候我就会说：“对不起啊，我不知道。”以前的我恐怕是难以想象，自己也是会道歉的。

每次离开成都，去北京、上海，收拾行囊，穿上笔挺的西装，我知道是另一个张洪要出发了。有时候我也会紧张，害怕在公开场合说不好话，我觉得自己有责任和义务去传递一些真实而正面的能量，但我也经常自问，我够格吗？我到底还能做什么呢？

三　走近盲人

18 岁的我从来没想过自己有一天会失明。

那时的我在成都学习按摩，视力正常，每天接触大量的盲人同学，但心里没有激起深切的关怀。

我始终觉得，按摩和我不会发生深刻的关系，我也不会以此为终身职业。我离开学校以后，跟盲人接触就少多了，和同学也没有更进一步的交往。

一直以来，我都尽可能地远离盲人圈。

在我真的失明以后，我更不愿意走近这个群体，自己也想摆脱盲人标签，当时的认知还处于一个比较低的水平，希望跟他们划清界限，赶快逃离这个圈子。

那么多年来，在我内心深处，按摩始终不是最喜欢做的那件事。之前 20 多年一直是为了活着，为了生存，被动地工作。我觉得盲人也可以去寻找不同的行业，而不是封闭在按摩店。

我很庆幸我在按摩的同时，没有放弃去寻找其他的可能，去拓宽我的人生边界。我总觉得，我们需要从黑暗中迈一步，迈出来，也许就是星辰大海。

下山之后，我也为身边的朋友按摩，但已经脱离了挣钱的目的，而只是调理身体。我的手在朋友的肩颈、后背等地方施力，熟练自如，仿佛是我的领地。这和在旷野中每一步都小心翼翼，每一步都是生死悬殊的登山，截然不同。两种心境看似硬币的两面，但其实我逐渐在里面寻找到享受生活的滋味。

从珠峰回来以后，我更愿意去接近视障群体。

这种转变也许外人很难理解，但它确实是登珠峰所有细节的叠加，让我重新思考自己的身份属性、社会属性，和自我的关系、和他人的关系。

比如说，我们刚到尼泊尔的第二天，当地的一个公益组织，组织了视障朋友去攀岩，男女老少都有，有人是从很远的地方赶过来。在我的观念里，户外攀岩是有风险的，但他们都敢去玩，我觉得很不可思议。同时我还遇到一个加拿大女孩，她是半盲，生了一场大病，在床上躺了半年之后，她好像在床上悟出了人生真谛，恢复以后就走向全世界，到处登山、徒步旅行、做公益，和当地的视障儿童交流。这些别样的活法、自由的生活态度总是给我震撼，他们没有被束缚在一个安全但黑暗的世界，而是尽可能地去体会人生。

2023 年 3 月，我把登顶珠峰的装备捐赠给中国盲文图书馆。

很多人上去珠峰就再也没下来，但是这身装备陪着我登顶，和我一起回来，几乎等于我的生命共同体。

保护第一，陪伴第二，我确实对衣服很有感情。这身衣服承载着我攀登珠峰的旅途记忆。在攀登珠峰期间，它就是我的战袍，每次穿戴，每次触摸，我就知道要准备接受挑战了。

捐赠给触觉博物馆，只要有人驻足，聆听，触摸，激发了一点兴趣和新知，我都觉得胜过了自己私藏的意义。如果故事能在某个瞬间对人有所启发，带来一点思考，我觉得，衣服的价值会超越衣服本身。

5 月我去北京市盲人学校演讲。讲完之后，一个残障学生大声地对着话筒说："我也想去珠峰。"他本人发音不是很清晰，不是视障，可能是其他疾病导致了残障，在那一瞬间，我忽然想到了第一次说要去登珠峰的自己。那时的我，和他一样，勇敢，无畏，不怕被笑话。

我接纳了自己是盲人，接纳了自己是盲人群体的一分子。

当然，外界的杂音始终都会存在。正常上班，存钱买房，一日三餐，是每个人踏实过日子所无法回避的内容，但我依然希望在日常生活之外，去追寻一些更高远的目标。

什么样的人，眼里就会看见什么样的张洪，这是我无法决定的。在登珠峰之前，我不会跟外界讲自己的原生家庭，在上海、在拉萨，无论身边有多少同事朋友，我都只字不提，但是现在我愿意打开自己，敢于去面对过往人生，我不再担心别人怎么看，不会因为别人的期待去包装自己，隐藏自己，我想尽量满足我内心的自由。过去束缚我的，已经不再是枷锁。

真实地、勇敢地、毫无保留地袒露自我，有什么意义？让别人看到自己的成功是不是就够了？也许此前，你也在茫茫人海中苦苦支撑，独自迷茫，深陷痛苦，我的经历也许可以告诉你，你不是一个人。

四 每个人心中都有一座珠峰

一个人孤独地、枯燥地、无助地重复爬楼梯的情景，常常在我脑海中闪回。一级一级往上爬，既看不到希望，又不想放弃，在煎熬中一步一步循环往复，和水泥地做伴。

当别人问我最常回想的画面是什么，我的回答就是爬楼梯，而不是登顶的高光时刻。

别人去爬雪山，可以看到壮美的风景。我看到了什么呢？石头是什么颜色的？灰色的，黑色的，也许会有红色的？冰川是透明的吗？有没有杂质？这些碎片拼凑起来的珠峰，不再是一幅固定的风景，而是随着我的想象不断构建，打碎，排列再组合，是一种经过我美化加工之后，独属于我的世界。

我看不到珠峰，但是我迈向珠峰的每一步都坚定有力。登山让我的生命发生了变化，让我不只是活着。

我还记得，1921 年，人类开始挑战珠峰，其中就有英国探险家乔治·马洛里，他多次尝试，多次失败，但屡败屡战，人们问他为何还要攀登珠峰，马洛里回答说："因为山就在那里。"这句话成为登山界的传世名言。

而我觉得，“山就在那里”的激励不止于这座实际的珠峰。“山”的指代不只是那个地理意义上的坐标，更是内心的理想。每个人心中都有一座珠峰，你在乎的是什么，“什么”就是你心中的珠峰。

那能让你成为自己的“珠峰”，它不是标签，而是你的内核。你所有的一切都围绕它生长、辐射，最终让你成为独一无二的自己。

我们追逐理想的每一步，在岁月长河里，看起来好像微不足道。在我登上珠峰之前，漫长岁月里的孤寂与无奈都是基石。就像我日复一日爬楼梯，它们无足轻重，也不保证你的付出一定有收获。但在无人知晓的隐秘角落，你所付出的微小努力，闪烁出的微光，总有一天会凝聚成闪亮耀眼的光芒。而这些光芒，终会被看见。

每一步都算数，每往前走一步，都是润物细无声的波澜壮阔，都会让我们的生命更加圆满。

你只管往前走，就会无限靠近心中的珠峰。

Afterword 后记

山就在那里

2018 年冬日的一天，我接到一位朋友的电话，说有一位盲人想登珠峰。朋友说我是纪录片导演，也许会对这个故事感兴趣。我的职业敏感告诉我，这有可能是一个难得一见的好题材。很快我和这位盲人取得了联系，并约好了见面的时间、地点。直到今天我还清晰地记得，2019 年春节的大年初一，我和张洪在成都的一家咖啡馆第一次见面。他给我讲了他的故事和自己登珠峰的想法，我听后问他："你什么都看不见，为什么要去登珠峰呢？"张洪平静地回答："虽然我看不见这个世界了，但我希望这个世界能看见我。"那一瞬间，我觉得像被闪电击中了，我相信，一个非凡的故事就在我眼前。

拍摄一部盲人攀登珠峰的纪录电影，这是历史上从未有人做过的事情。这意味着我们要提前一年开始跟踪记录他的生活、训练、筹款，直到抵达珠峰大本营乃至最后的冲顶。这期间会发生什么，拍摄能否顺利进行，没人能预测，就像张洪说的，别人攀登珠峰是从地面到顶峰，而他是从地狱到顶峰。幸运的是，欣欣向阳作为一家专门出品纪录电影的公司，董事长宁欣然先生从一开始就认定这个故事蕴含着强大的时代精神，他立刻拍板开机。大家都说支持纪录片的是有情怀的人，而在宁先生的身上你能看到的不只是情怀，更是一种格局。

纪录电影《看不见的顶峰》拍摄将近两年。在这两年时光中，我每天都能通过生活中的小事感受到张洪的执着和坚韧。对这位特殊的登山者而言，登珠峰不只是体力与意志的挑战，更是心灵的淬炼。作为导演，我深知，想要将这令人震撼的攀登真实地呈现，其拍摄难度不亚于要攀登一座纪录电影的“珠峰”。

我常想起正式攀登珠峰前在罗布切峰拉练中的一个小插曲。那是摄影师丁丁和向导强子之间一次充满火药味的交谈，同时也让我对之后的拍摄充满了焦虑和疑惑。那天傍晚，我们刚结束拍摄，大家一起在悬崖边的雪地里休息聊天。丁丁突然一本正经地问了强子几个问题：为何要帮张洪穿冰爪，而不让他自己动手？这样会不会把张洪的珠峰挑战变成一次“保姆式”的攀登？若变成这样，张洪攀登珠峰的意义何在？

面对如此尖锐的提问，强子也不甘示弱，他回应道：高山向导的本职就是把控安全，尽可能给攀登者最好的登山体验，如果不能做到这一点，就背离了自己作为向导的核心价值。丁丁冷嘲热讽地补充了一句：“其实是因为商业环境就是如此——你们若不这样辅助‘客户’，便会损失一批需要被‘服务’的客户吧？”

其实，在高海拔的地方，在身着硕大的连体羽绒服时弯腰给笨重的高山靴“穿冰爪”，这件事不论是对盲人张洪还是其他人，都是一件很有难度的事。然而对有经验的攀登者来说，这却是一种有仪式感的行为，就像亲自披上战袍一样，而缺乏经验的攀登者往往会忽视这个环节。在那些希望最大限度保存体力的攀登者看来，向导帮自己穿冰爪似乎已经变成理所当然的事。无疑，这样一个小小举动，和全球登山界所推崇的“攀登精神”有着明显的矛盾。丁丁有自己的立场，强子有自己的理由。他所面对的，到底是“客户”还是“攀登者”？在商业攀登快速发展的今天，俨然是各方都要深刻反思的一件事。

而旁观了整个争论过程的我，内心却跌入了更深的焦虑和恐惧：假如张洪在接下来正式攀登过程中，出于安全、速度或任何其他考虑，对向导产生过度依赖——比如，让夏尔巴人帮他背给养装备，利用直升机直接下撤——那这部纪录电影无疑将陷入巨大的道德困境。

拍摄过程中，我们面临的困难远比想象中要多。高原反应、极端天气、艰危路线、电源短缺、设备损坏等问题层出不穷，摄制组每个成员都在为这部电影付出自己从未想象过的辛劳与牺牲。好在后来张洪的整个攀登过程让我十分欣慰。在为期一个半月的攀登季里，张洪在强子和其他夏尔巴向导细心但绝不过分的帮助下，依靠自己的力量与决心，一步一步登上珠峰峰顶，而后顶风冒雪，一步一步下撤回到大本营。从三号营地拉练到最终冲顶，张洪四次通过极度危险的昆布冰川，直到最后抵达人生的巅峰，他踏踏实实地走完了全程。团队下撤抵达大本营的那天清晨，我一宿未眠，翘首以待。当我远远看到张洪的身影从大本营的乱石子路上渐渐靠近时，我对这次攀登的复杂担忧终于落下。

我希望更多的人看到张洪！在电影粗剪完成后，我们邀请了各届朋友观看提意见，大家看了都很受感动，也提出了不少修改意见。但电影受限于只有一个多小时的时间，很多攀登中精彩的故事和动人的细节以及背后的故事都无法完整呈现。按照欣欣向阳的纪录电影发展战略，对于好的现实题材故事，在拍摄纪录电影的同时，还要通过图书、剧情片等多种形式进行创作和传播。于是，欣欣向阳制定了图书、纪录电影、音乐剧、剧情片四个阶段、四种形式来讲述张洪的故事。这就有了这本书的出版。

《看不见的顶峰》图书的出版和电影的完成，离不开各届朋友的关心和支持。西藏阜康医院的王斌董事长是最早资助张洪的人，王董事长不但在经济上支持了张洪，还在他工作期间给了张洪最大的时间和空间进行训练。《新京报》的刘军胜社长从开始就对张洪的故事给予极大的关注和支持，带领报社团队参与电影的策划和宣传。凯乐石的创始人钟承湛为我们整个拍摄团队提供了全部的攀登装备，保证了攀登计划的顺利实施。还有雪菊的陈震为我们提供了睡袋，风行天下的汤力群热心为张洪的攀登提供募捐机会，等等。张洪成功登顶珠峰有赖于很多人不同方式的帮助和支持。没有高山向导强子和所有的夏尔巴兄弟就没有张洪的成功，没有摄影指导 Rocker 和摄影师丁丁就没有即将完成的纪录电影，没有人民日报出版社领导尤其是赵军社长和陈佳编辑对这本书的精心策划和大力支持，以及朱清华、田佳玮、崔瑜琢在繁忙的工作之余与张洪通力协作，就没有这本书的诞生。

我希望更多的人通过这本书以及即将上映的这部电影了解张洪，看到他面对命运的态度，看到他改变命运的决心。人生总会有裂缝，但那也可能是光照进来的地方。用这句话来形容张洪的精神世界再合适不过了。一切的喧嚣退去之后，张洪终究又回归于那个质朴简单的人。而此刻他身上所散发的力量，不仅带给我们感动，或许也会让忙着赶路的我们愿意停下来，看看路边的风景，想想我们为何出发。万一呢，我们能像他一样，看到属于自己的那一束光。

范立欣　于 2023 年 6 月 15 日

（范立欣，知名纪录片导演，其执导的纪录电影《归途列车》，获得阿姆斯特丹电影节伊文思奖、第 53 届旧金山国际电影节大奖、第 33 届艾美奖最佳纪录片奖）